D1640151

bup
BERLIN UNIVERSITY PRESS

Mariam Kühsel-Hussaini
Attentat auf Adam
Roman

Berlin University Press

Mariam Kühsel-Hussaini
Attentat auf Adam
Roman

Erste Auflage im September 2012
© Berlin University Press 2012
Alle Rechte vorbehalten

Ausstattung und Umschlag
Groothuis, Lohfert, Consorten | glcons.de
Satz und Herstellung
Dittebrandt Layout&Satz, Baden-Baden
Schrift
Borgis Joanna MT
Druck
Beltz Druckpartner GmbH Co. KG, Hemsbach
ISBN 978-3-86280-040-7

„Gott ist nutzlos, wenn er nicht etwas will."

Friedrich Nietzsche

*

„Und zur Wahrheit gehört auch, dass ich denjenigen strafen muss,
der gegen die wirkliche Liebe gesündigt hat."

Joseph Ratzinger

*

„Wer und was Jakobus auch immer war, der und das war auch Jesus."

Robert Eisenman

*

„… mit allen im Maß der Wahrheit und in der Ordnung der Zeit
zu wandeln."

Schriftrollen von Qumran
(vor, während und nach Christus)

Vorwort

Das Einzige, was uns erhebt, steigert, schmückt und erleuchtet, ist das Erkennen. *Erkennen können* ist die wahrste Empfindung, das zarteste Geständnis. Ein Leben ohne Erkennen ist die wohl gefahrvollste Unfähigkeit der Seele.

Zu erkennen, dass man liebt. Zu erkennen, dass man erkennt. Zu erkennen, dass Gott uns nicht nur in seinen Propheten begegnet, nicht nur in Thora, Bibel und Koran zu uns sprach, sondern auch seither in einem Reigen von Schaffenden sichtbar, hörbar, fühlbar wurde. Das ist die prächtigste all meiner Erkenntnisse, wenngleich die Liebe, als Offenbarung selbst, als brennende Verkündigung, als meine Rosenrüstung, als mein einziges Gebet, mich verzückt – jeden Tag erneut und wenngleich ich längst viele, viele unendliche Definitionen für ein Wort wie *Seele* reichte.

Das Siegel der Propheten ist gebrochen: Denn Heiliges geschah und *geschieht*. Heiliges kam nicht nur in Moses, Jesus und Mohammed in die Welt und in die Innerlichkeit der Menschen – Gott hat nicht nur diese drei Male zu uns gesprochen. Heiligkeit ist die höchste Äußerung einer Seele, Kunst, entstanden durch Liebe, ist demnach die höchste Äußerung einer Seele, *Seelenkunst* folglich der Glaube, der keine Religion benötigt.

Seien wir also Musik, der wohl göttlichste Weg der Offenbarung, und schenken wir dem Glauben, diesem goldenen Grund *aller* Religionen, endlich eine Glaubensoper.

Dieses Buch ist, wie alle meine Bücher, nicht für Menschen geeignet, die sich vor Schönheit und Seele, vor Wortrausch und Sprachfülle schützen wollen.

Und ich bin wie ein Mann, der verlassen ist …

Qumran, Loblieder

Ouvertüre

In ganz Jerusalem läuteten die Glocken. Zunächst nur zart und einzeln, dann immer schwerer, trauriger, lauter. Adam erwachte. Er lag in einem Krankenhausbett, in einem Zimmer allein. Doch da sah er, im weich warmen Gegenlicht des Fensters, einen Menschen stehen. Ruhig und sanft war der Umriss des Mannes, der nun langsam auf ihn zuschritt, kostbar gekleidet in eine weiße Soutane.

„Joseph?", fragte Adam verwundert.

Der Mann umfasste Adams Hände mit den seinen. „Ja."

Die Glocken der Stadt schwingen nun in einem gleichmäßigen Nebeneinander hin und her, wie ein vollkommener, sterbender Grundton.

„Was … bin ich … verletzt?", fragte Adam, der sein mit Binden umwickeltes Bein besah.

„Beunruhige dich nicht, denn du lebst noch", sagte Joseph und blieb über ihm gebeugt stehen.

Lächelnd.

Glockengeläut schwebte laut in der Luft.

„Karfreitag", entgegnete Joseph dem fragenden Antlitz seines Freundes. Tränen ließen seine Augen aufleuchten, jene eigentlich so schattigen Augen, mit ihren dunklen Geheimnisringen.

„Die Stunde des Todes …", flüsterte er.

Auch Adam fühlte sich inmitten des Glockendonners so verloren, dass er mit einem Mal weinte. Seine Brustdecke verwahrte so viele Einsamkeiten. Er war wund innerlich, es brauchte nicht viel und die Tränen fielen heiß und stumm von den Wangen.

Noch immer ließ Joseph seine Hände nicht los, Adam wusste nicht, wann zuletzt ein Mensch ihn so gehalten hatte.

Viele Minuten lang schaukelten sich die Glocken in den Jerusalemer Himmel. Ein Chor der Kirchen, Blutsopran und Ohnmacht, in der ganzen Pracht der Gleichzeitigkeit.

Beide lauschten.

Schwiegen.

Weinten.

Nur allmählich nahm das Sterbegewitter ab …

Adam warf einen Blick auf Joseph. „Du wohnst jetzt so nah bei Gott", er zog seine Hände zu sich zurück.

„Gott hat mich zu sich gerufen", sagte Joseph, als wolle er es richtigstellen.

„Ja, du warst Ihm immer schon näher", bemerkte Adam dunkel. Seine tiefgrünen Augen waren sehr schön, rund und ein wenig geschlossen, wenn er einen ansah.

„Meine Entscheidung für den Weg zum Herrn hin war eine frühe und damit endgültige, aber der Herr selbst entscheidet und fügt und setzt und ordnet."

„Trotzdem, die Kirche hat dich umarmt", sagte Adam.

„Ja, das ist richtig. Das hat sie", Joseph nickte. Etwas sehr Vornehmes, Zerbrechliches ging von ihm aus, er war nicht nur Gesicht und Leib, sondern ein Ganzes. Eine Gestalt, die sich selbst zusammenfasste, in nichts einzeln war, sondern immer eine Summe, immer ein Chor vieler Innerlichkeiten.

„Wie lange haben wir uns nicht gesehen?" Adam sah ihn an.

„Viele Jahre nicht."

Adam dachte an Rom zurück. „Wie oft sind wir zusammen in der *Cantina Tirolese* gewesen und haben Semmelknödel gegessen …"

„Ja, und wie oft wir spazieren waren, im *Borgo Pio*. Du bist morgens so früh aufgestanden, nur, um mich auf dem Petersplatz abzufangen und mich zur Arbeit zu begleiten, da ich so wenig Zeit hatte. Und wie haben mir deine *Reden* gefehlt …", erinnerte auch Joseph freudig und wehmütig.

„Ich habe dich geliebt wie einen Bruder, wie einen Vater. Aber du konntest mich nicht halten."

„Ich habe dich ebenso geliebt, wie einen Bruder, wie einen Sohn, und tue es noch immer."

„Und was ist geschehen?"

„Du hast mich verlassen", antwortete Joseph. „Warum?"

„Ich habe –" Adam fuhr auf, sein Bein aber schmerzte zu sehr bei dieser Bewegung. Er schrie.

„Bleib liegen, es ist ja alles gut." Joseph versuchte ihn zurückzuhalten.

Adam lehnte sich zurück und schmunzelte wie im Fieber. „Weißt du noch, Joseph, es gab diesen Augenblick, in dem du Wahrheit geschmeckt hast … und sie hat gut geschmeckt … und sie gehörte uns, nur – dann wurdest du zu ihrem *Mitarbeiter*."

Joseph erhob sich und schenkte Adam ein Glas Wasser ein. Reichte es ihm still.

„Du *weißt*, dass ich bei mir bin", versicherte Adam und nahm das Glas nicht an.

„Ja, das weiß ich." Joseph setzte sich wieder.

„Und du *weißt*, wovon ich spreche."

„Ja", sagte Joseph.

Adam wandte sich ab.

„Ich habe die Wahrheit nicht verlassen, Adam. Es ist die Wahrheit der Liebe und des Herrn, die ich in mir trage. Ich habe die Wahrheit nie verlassen und es ist nicht *meine* oder *unsere* Wahrheit, sondern die eines ganzen Gewordenseins, die

Wahrheit der Zeit, der Hingabe und überhaupt die Wahrheit des Glaubens in all seiner Einzelheit zur Einheit hin."

„Ja, Einzelheit … dem *Detail* hatte ich mich auch besonders verschrieben, nicht?" Adam lachte.

Joseph blickte ihn aus umarmenden Blicken heraus an. „Ja, das hast du … das hast du. Aber das Detail in der Glaubensgeschichte kann nur eingebettet gelten, in der Gesamtheit, in der Folge aller Dinge ist es überhaupt erst Sinn und Licht bringend."

„Joseph, du weißt doch so genau, wovon ich spreche. Warum übergehst du mich?"

„Ich bin bei dir, in deinem Herzen, ich übergehe dich nicht. Ich versuche dich zu fassen, dich zu verstehen."

„So viele Jahre, Joseph, so viele unendliche Jahre …" Adam konnte sich nicht mehr halten, er verbarg das Gesicht in den Händen und weinte.

Joseph wusste, wenn er nach seinem Arm greifen würde, um ihn zu halten, würde Adam ihn doch nur wieder zurückziehen.

Ängstlich.

Traurig.

Zerbrochen.

„Du warst weiter, tiefer, feiner als alle anderen!", begann Adam wieder.

„Sag das nicht, mein Freund, wunderbare Menschen haben mich begleitet und begleiten mich, ohne die ich diese Aufgabe von Gott her nicht erfüllen und tragen könnte. Hab doch Mut, Adam." Joseph beugte sich zu ihm.

„Mut? Ich habe … ich bin zugrunde gegangen, Joseph. Zugrunde gegangen." Adams Blick verzog sich zu Vergeblichkeit. „Ach, deine Stimme, deine Macht – was kann *ich* dir noch sagen?"

„Ich besitze keine Macht, Adam, und auch Gottes Reich ist ein *anderes*." Josephs gebildetes, wissendes und gerechtes Antlitz fürchtete sich nicht, sondern gab sich diesen Fragen ganz und gar hin – als Mensch, als Freund, als helle Gestalt. „Der Herr antwortet auf meine Bitten und Fragen und ich höre … und jede Silbe seiner Liebe ist ein Weg und eine Straße und eine Blume und jedes Flüstern seines Geistes ist Tag und Nacht und Geheimnis und dann wieder – Eröffnung, Begleitung, Wärme und das einzige Immer.“

Adams Tränen flossen ohne Halt, flossen so glühend, so ängstlich über sein Gesicht hinweg. In all der Zeit, die hinter ihm lag, hatte er so viel geweint, dass er schon ganz zu Regen geworden war. In ihm war es immer bedeckt und wolkig.

Joseph suchte seine Hand. „Adam, wovor fürchtest du dich nur so …?“

„… mit *keiner Vergebung, in der Wut des Zorns Gottes – für immer und immer* …“ Adam schloss die Augen und lächelte. Die Tränen suchten ihren Weg in die Mundwinkel.

Joseph schmunzelte, als hätte er den Ursprung dieser Worte erkannt.

„Ja. Für manche Vergehen kennen *die* kein Vergeben. Deine Kirche aber schon“, drängte Adam.

„Glaube muss atmen, lebendig sein, einfach sein. Dunkle Gesetze können nicht alle Menschen umarmen, sie schließen aus, und das ist dann das Gegenteil von Glaube und Liebe. Der Herr liebt die Menschen, er hat seinen Leib gegeben für uns *alle.*“

„Warum sagst du *uns?* Du bist doch kein Sünder?“

„Du bist fiebrig, Adam. Denn du weißt selbst, dass der Sitz der Erbsünde nicht das Fleisch, sondern das alle umfassende Netz ist, das alle umspannt, als geistig Vorgegebenes einem jeden vorausgeht, das keinen mehr nur bei sich selbst als Einzelnen beginnen lässt, sondern ihn schon mit dieser geschichtlichen Versehrtheit schafft und in die Welt führt.“

„Und darum nennst du dich einen Sünder? Ich würde sagen, du bist eben Europäer, der immer nur seine Schwäche kultiviert. Und nein, *ich* bin mit dieser Vorgegebenheit nicht in die Welt und Zeit gekommen. Sie ist nicht *mein* Beginn. Mein Beginn ist *meine* Reinheit.“

Joseph spürte sein Herz klopfen. „Du fühlst mehr, als du zeigst." Er strich sich eine Träne von der Wange.

„Die Wahrheit –" Doch Adam wurde unterbrochen. Vertraut und doch entschieden, ja fest und mit herrschend ergreifendem Seligtum erhob Joseph seine Stimme. „Wahrheit – besitzen wir nicht. Sie besitzt *uns*. Sei also vorsichtig, wenn du sagst *Wahrheit*, und Wahrheit ist auch nur, wenn sie den Menschen groß macht, in ihren konstanten Werten und in ihrer Maßstäblichkeit. Du sollst sie zwar suchen, aber sei dennoch vorsichtig."

„Dann sage ich eben *Anfang*. Der Anfang, *hier* … war rein, strahlend und kompromisslos. Und der Anfang kannte Liebe und Ordnung, aber sie waren nicht weltumarmend oder maßstäblich angelegt, sie waren ganz einfach … Quelle, Gold. Schon für ein Murmeln oder Knurren wurde man verbannt. Schon für einen unreinen Blick verachtet. Die Kirche aber hat alles verlangt und sich dennoch Auswege, ihre Beichtstühle geschaffen. Sie hat Sünde zu einer Säule gemacht, ohne die Glaube doch von den Menschen gar nicht mehr als ganz und unbedingt und *möglich* angesehen wird. Ja, ich kann glauben, denn es wird mir verziehen und vergeben. Genau diese *Sucher nach Reibungslosigkeit*, wie *sie* die nennen, die haben *sie* nur verspottet, und zu Recht! Denn es ist ein Zeichen von Endlichkeit, sich jedem und allem anzupassen, den Glauben so zu sprengen, dass etwas völlig anderes daraus hervorgeht!" Adam holte tief Luft.

„Qumran ist ein heiliger Ort." Joseph sprach endlich aus, worum es die ganze Zeit über ging.

„Geheimnisvoll zweifellos. Er preist die Armen, die Schwachen, die Frommen, aber ebenso verschließt er sich auch den Verlorenen, den Sündigen. Dieses Gold, von dem du sprichst, musste erneuert und weitergeformt werden, musste zu den Menschen in die Welt gelangen, auf schmerzhaften, blutigen, sehr traurigen und einsamen Wegen. Ohne Werke zu tun vor Gott – *glauben* zu können, das war das Geschenk unsres

Jesus, sein Anderssein, seine Besonderheit, und es war das Verdienst des Heiligen Paulus an die Menschen, ebendiesen sich geoffenbarten Heiligen Geist als etwas zutiefst Lebendiges und stets zu Erneuerndes über der Welt auszubreiten. Allein im Glauben schon sind sie Gläubige, nicht durch Taten oder Opfer oder Sektierertum." Joseph verschloss die Hände ruhig auf seinem Schoß.

„Nennst du ihn immer noch einen Heiligen? Diesen … diesen Schläger? Der den Bruder Jesu tätlich angriff, sodass dieser sich schwer verletzte. Du kennst doch die Berichte von Jakobus' Verletzung, nachdem dieser stürzte, weil ein gewisser Saulus ihm ein Bein stellte, sodass Jakobus fortan *hinkte!*"

„Paulus", fuhr Joseph fort, „hat sich selbst aufgegeben, um nur noch durch Christus zu leben. Sein widersprüchliches Leben ist schließlich eingetaucht in die Gemeinschaft mit dem Herrn. Sein Leben und damit er selbst wurden erst konkret und wirklich, je mehr er sich dem Glauben hingab, je mehr er zu erkennen und einzusehen fähig wurde. *Wir gelten als Betrüger und sind doch wahrhaftig, wir werden verkannt und doch anerkannt, wir sind wie … wie Sterbende, und siehe, wir leben, wir werden gezüchtigt und doch nicht getötet, uns wird Leid zugefügt und … und doch sind wir jederzeit fröhlich, wir sind arm und machen doch viele reich, wir haben nichts und haben doch alles.*"

Die Tür des Krankenzimmers ging auf. Ein Mann in schwarzer Soutane trat ein, in ergebener Verbeugung teilte er Joseph mit, dass die Zeit dränge, dass sie weitermüssten.

Joseph gab zu verstehen, dass er noch einige Minuten benötigte.

„Warum bist du am Karfreitag eigentlich nicht in Rom?", fragte Adam ernst.

„Ich habe erkannt, dass ich am Karfreitag eben gerade *nicht* in Rom sein sollte, sondern hier. Hier, wo alles begann. Wo der Herr starb. Wo er alles vollendete und erleuchtete und vollbrachte." Joseph stand auf und schritt zum Fenster. „Ich wollte allein im Gebet zubringen, allein … in der Todesstunde."

„Wie hast du … von mir erfahren?"

„Als ich von dem Anschlag hörte, wurde ich sehr traurig. An einem solchen Tag, wo die Trauer um Christus alles überwiegen sollte, geschieht so etwas. Es hätte nur einen einzigen Verletzten gegeben, hieß es. Ich wollte diesen Menschen sehen, ihn segnen. Und da fand ich dich vor, meinen Freund Adam." Joseph brach in Weinen aus. Adams müde Schönheit in den Augen, die nassen Wimpern, das schwere Grün seiner Linsen, all das schimmerte leise, als er den alten Freund so sah.

„Du bist schöner als die, die du repräsentierst", brachte er erst nach langen Minuten hervor.

„Adam …"

„Ja, ich meine es so. Richtertum über die wirklich großen Fragen, Liebe … Gott … Leben, das liegt doch nicht bei dieser Welt!" Adam deutete aufgebracht nach draußen.

„Ach, dein Nietzsche … der Zornige, so Versucherische. Was er verachtet – die wahre ‚Moral' des Christentums –, ist doch die Liebe selbst." Joseph seufzte.

„Nein, er ist nicht der Zornige, er ist licht, liebend. Auch er sehnt sich nach, wie er sagt, *süß gewordener Menschlichkeit* …" Adam lächelte wieder. Der Wechsel der Ausdrücke seines eigenen Gesichtes kam ihm allmählich fast verzweifelt vor, denn die selige Gelassenheit Josephs war wunderlich beruhigend.

„Jesus, sein Wandeln und seine Bewegungen sind nicht in einem Irgendwo geschehen. Die Evangelien stellen ihn als ebenjenen dar, der er auch war. Auswege allein sind für die Seele des Menschen, für das also, wonach und womit er die ganze Zeit ringt, ausweglos. Man muss stehen bleiben im Geheimnis, das nicht zu Berechnende erkennen, sehen. Was ist deutlicher, wahrer – als dass Jesus Gott ein Angesicht verliehen hat?

Was ich hier trage", erklärte Joseph und sah an sich selbst herunter, „ist ein Geschenk. Ich stehe als Erster dieser Kirche vor Menschen, die gehalten werden wollen, die geliebt und erhört werden müssen. Ich beginne nichts Neues, ich führe fort und weiter und folge meinen Vorgängern, denen, die aufrichtig und gut waren und wahrhaft glaubten und ein würdiger Vater sein wollten. Meine Aufgabe ist es, den Glauben mit Gott zu halten und zu erfüllen, seine Frische, seinen Glanz, seine Reinheit und sein Geheimnis in der Seele zu empfangen, ihn vorzuleben und der Welt zu reichen, zu verkündigen. Nach Christus und nach Petrus *da zu sein*, für sie zu stehen."

Adam fühlte in sich ein Gefühl der Wärme aufkommen. Vor dieser unverstellten und einfachen Lieblichkeit Josephs verneigte er sich doch innerlich. Allein er zeigte es nicht. Und was er an Vorwürfen der Seele ihm entgegnet hatte, das waren und blieben große, ebenfalls nicht zu leugnende Vorwürfe einer ebenso unverstellten und einfachen Lieblichkeit. Überhaupt nur denen, die wir lieben, lieben – werfen wir vor, wonach unsere Herzen so sehr drängen, so sehr verlangen.

„Warum erwähnst du Jakobus nicht? Seine Traurigkeit? Seine Großartigkeit?"

Josephs Züge blieben unverändert gefestigt.

„Mein Freund, du hast in deinem Leben viel gesagt und viel gefühlt. Und ich bin – nach wie vor – gebannt von dir. Aber zweitausend Jahre Christenheit stehen funkelnd hinter und damit *vor* uns. Was wir wissen, wissen wir von den Evangelien und der Apostelgeschichte. Sie zeigen uns einen Jesus, der die Augen der Menschen für die Liebe und Sanftmut öffnet, der nicht Krieg führt, der nicht aussucht – sondern jeden Menschen unterschiedslos annimmt. Und der Gott eine Gestalt verleiht, eins wird und ist mit seinem Vater – kein Vermittler, kein Zwischenwesen, nein: *Eins*. Dennoch sagt er mit uns Vater zu Gott, ist aber Eins mit ihm, und nur durch ihn, ohne eigenen Plan, ohne eigene Absichten – führt er einzig aus, was Gott ihm eingibt. Dies führt ihn an uns heran, bildet ihn ab. Sein Geist legt sich über uns. Alles wird plötzlich sichtbar, fühlbar, und ja konkret. Und damit ist er göttliche Nähe selbst, ist der Gott-mit-uns. Ganz Mensch und ganz Gott. Er ist

Gott und ruft ihn doch zugleich. Gott gibt sich selbst, wird Mensch für uns. Immer zu uns hin, immer für uns. Neuere wissenschaftliche Versuche ziehen Ihn eher von uns fort. Jesu Worte aber sind keine einfachen Rezepte, es gibt kein Entweder-Oder, sondern er ist der Weg zur Wahrheit."

„Ja, sehr geschickt von Paulus, diese Heilige-Geist-Geschichte aufzurufen, nicht! Abstrakt und jederzeit verfügbar, versicherte er nicht, dass Jesus sich in ihm offenbart hätte? Allein, geliebter Freund, du vergisst, dass ich die Wissenschaft nicht achte, niemals achten werde − sondern nur die Wahrheit. *Wer das ganze Gesetz hält, sich aber in einem kleinen Punkt verfehlt, der ist in allem schuldig geworden,* sagt der Jakobusbrief. Ein sehr hoher Anspruch der Seele … Beichten bringt da nicht viel."

„Eine Beichte soll reinigen und strafen, sie soll erinnern", warf Joseph rasch ein. „Außerdem ist dieser Brief in viel zu gutem Griechisch, um von einem Hebräer verfasst worden zu sein."

„Das ganze Verhältnis zwischen Fleisch und Geist gefällt mir einfach nicht. Warum hat man es seit jeher getrennt voneinander betrachtet, den Geist als etwas Reines, Waches, Bedeutendes und das Fleisch als Sünde schlechthin, als Störendes, als Versuchung und Ablenkung und als Erbsünde eine Vorgegebenheit für jeden. Warum wird nicht beides in Einem verschmolzen und zu Einem erklärt. Zu *Seelenfleisch.* Ich kann doch nur einen Leib lieben, den ich auch im Geiste will − stünde es sich entgegen, fände ich es pervers!"

„Dagegen ist nichts einzuwenden. So ist die Liebe zwischen Mann und Frau vor Gott gedacht. Als reines, glückliches Zusammenkommen von Dauer, mit der inneren Absicht der Zeugung von Nachkommen. Du sprichst also vollkommen richtig."

„*Von Dauer?* Warum sagst du nicht *ewig?* Was interessiert mich Dauer, wenn ich Ewigkeit haben kann? Die Frau, die ich liebe und will, muss mein Lebensmensch sein. Sie muss mir auf ewig gehören, so wie ich auf ewig ihr allein gehöre. In

Leben und in Tod. Sie besitzt meine Seele und ich ihre. Und mit diesem Einsatz – Seele – gehen wir ins Leben! Und sündigen habe ich dann gar nicht nötig, weil wir beide, mein Weib und ich, einander ja nach diesen Bedingungen der Seele überhaupt erst genommen haben!"

Joseph nickte selig.

„Du hast nicht geheiratet?", fragte er.

„Nein. Ich fand keine schönen und liebenden Frauen in Deutschland. Die sind irgendwie … *entzaubert*. Jetzt bin ich schon über fünfzig … Ach Joseph, die Menschen sind doch gar nicht mehr Wächter ihrer Seelen! Und diese katholische Hysterie vor dem Phantom Fleisch – als ob du nicht wüsstest, wovon ich spreche. Ich spreche natürlich von diesem Missverhältnis, von diesem Misston, von dieser Fleischesangst und Fleischesenthaltung. Ich heirate die Frau vor Gott, die mir gefällt, in Seele und Fleisch. In Leib und Geheimnis. Und dieses fleischliche Gefallen muss tief sein … es muss in den Geist gehen."

„Allem stimme ich zu!", jubelte Joseph freudig und breitete die Arme aus.

„Dieses ganze Heiligengetue an sich … du selbst bist ein Verfechter davon. Heilige Katharina hier, Heiliger Franz von Assisi dort! Das ist doch grauenvoll und gruselig! Und Don Juan wird in die Hölle geschickt! Im Himmel fehlen doch überhaupt alle interessanten Menschen!"

Joseph schmunzelte wieder wissend, weil er erneut Nietzsche heraushörte.

„Soll ich dir sagen, was ich *heilig* finde? Ich sage es dir … ich finde es heilig, wie der *Figaro* beginnt."

„Der *Figaro*?", fragte Joseph.

„Ja, der *Figaro! Cinque … Dieci … Venti … Trentasei … Quarantatre* – das klingt nicht etwa so, als würde *Figaro* sein Ehebett ausmessen, nein, es klingt so, als würde Gott die Welt vermessen!"

Joseph lachte auf eine sehr schöne, leuchtende Weise. Alles an ihm war silbern.

„Im Ernst, ich scherze nicht, Joseph. Fürwahr Gott *ist*. Er zeigt sich in Menschen. In Künstlern. Warum sollte Gott nur zu den Propheten gesprochen haben und damit einmalig? Warum sollte er sich nicht in den übermächtigsten, grazilsten, unsterblichsten Seelen verlieren, sich in sie verlieben? Denn weißt du, Gott ist nur Gott …

Wie ist es eigentlich im Himmel von Michelangelo? Wie hältst du es aus? Wie hältst du es aus, dass solche Kunst heiliger ist als die Bibel?"

Wieder öffnete sich die Tür. Der Sekretär in schwarzer Soutane und Purpurknöpfen bestand darauf, weiterziehen zu müssen. Joseph und Adam waren so verloren ineinander, dass sie für kurz schwebten, flogen.

Joseph erhob sich. Seine Stimme zitterte, er musste innehalten. „Jesus, geliebter *Sohn Gottes*, *Menschensohn*, der da sagt, *Ich bin es*. Worte, die schon vor Seiner Zeit gefallen waren, sie haben doch nur auf Ihn gewartet. Allem Kommen und Gehen steht Jesus gegenüber. Er ist einzigartig. Eins mit Gott, Seinem Vater. Nur durch Jesus gelangen wir zu Gott. Gelangen wir … zur Liebe." Joseph legte seine Hand behutsam auf Adams Bein. „Die Ärzte sagen, du wirst hinken. Aber du *lebst*, welche Freude … mein Freund Adam *lebt*!" Doch wie mit einem Male fiel Joseph wieder auf seinen Stuhl zurück, bestürzt blickte er Adam an, dessen Schweiß in rötlichen Perlen über dem ganzen Gesicht ausgebreitet war.

„Adam … du … du schwitzt ja Blut!"

Adam fasste sich erschrocken an Stirn und Wangen, wie mit Wasser verdünntes Blut blieb auf seinen Fingern haften. Sein Herz schlug und schlug, schlug und schlug, schaukelte, riss von den Adern seines Haltes los, ging in ihm verloren!

In großer, übergroßer Traurigkeit schritt Joseph zur Tür und berührte schon die Klinke, der Schrecken des eben Gesehenen, des Blutschweißes, versetzte ihn in tiefe Sorge.

„Warum bist du hier in Jerusalem?"

Adam antwortete nicht.

„Warum bist du noch mal hier?", fragte er stattdessen verletzend und liebend zugleich.

„Die Liebe selbst wurde hier gekreuzigt", sagte Joseph und ging.

Totenstille trat ins Zimmer. Engellos.

Adam zog die Decke übers Gesicht.

Weinte.

Weinte bitterlich.

Und jeder Mann, der an seinem Fleisch geschlagen ist, gelähmt an den Füßen
oder Händen, hinkend oder blind oder taub oder stumm oder mit einem
Makel an seinem Fleisch geschlagen … nicht dürfen diese kommen,
um inmitten der Gemeinde der angesehenen Männer einen Platz
einzunehmen; denn die Engel der Heiligkeit sind in ihrer Gemeinde.

Qumran, Gemeinschaftsregel

Arie

Adam sah ein Gesicht vor sich.

Er betrachtete es und wollte sprechen, etwas sagen, doch die große Erschöpftheit seines ganzen Leibes trug ihn in eine starre und doch angesichts dieses Antlitzes so entspannte Mattheit. Wer es war, wusste er nicht und doch konnte es nur ein Gott nahes und sehr sehr feines, sehr liebendes Geschöpf sein, voller Zärtlichkeiten und voller Überwindungen, voller Vergebungen. Hinzu kam eine so liebliche Sinnlichkeit, so glatte weiche Schläfen, so blassweiße Wangen und ein so verschwiegener, strenger Mund, dass Adam, in seinem vom zerrissenen Schlaf ganz trunkenen Geist, glaubte, ein himmlisches Traumbildnis zu betrachten, obgleich da tatsächlich ein junger Mensch an seinem Bett stand.

Saphire.

Glänzende, wahrscheinlich immernasse Augen – traurig, glücklich.

Adam lächelte und bemerkte erst jetzt, dass der Fremde, gehüllt in eine helle Kutte, flüsternd betete und dass zwischen seinen glasigen Händen ein Rosenkranz hervorragte. Reglos umklammerten ihn seine Finger und er sprach Worte, immer wieder, die so heilend in Adam widerrauschten. Schnell und knisternd und doch mild und doch wieder brennend – blutende Formeln, unverständlich, zärtlich, flüchtig, drängend, edel. Eine innere Bildung ging von diesem Gesicht aus, ein sich bereits Entschiedenhaben, eine heilige Wollust, all das jedoch fern von Mut, nein, Mut wäre viel zu schlicht, wäre viel zu gewöhnlich gewesen. Dieser Betende war wie ein Licht. Voller Sorge und liebend liebevollster Lieblichkeit der Liebe – blühend, ungetrübt.

Adam lächelte immerfort in das ihn so schützend umschwebende Gebet hinein, war so dankbar für diesen Hohen, Holden, um ihn Trauernden, der hier in den hellen tropfengleichen Wortgebilden seines Flüsterns sanft auf ihn regnete, um ihn weinte. Ein guter Mensch, ein mitfühlendes lichtes tiefes Wesen, das ihn so behütend umsegnete, leise … leise, doch da, da war es dann schließlich im tiefblauen Auge, da war dann doch der Pupille glitzernder Saum, der *Heftigkeit* verriet, da lag dann doch nebst aller Jugendschönheit ein Fordern, ein Schillern, ein Wollen, ein Unbedingt.

> Ich aber, mich hatten Zittern und Schrecken ergriffen,
> und alle meine Gebeine zerbrachen.
>
> Qumran, Loblieder

Rezitativ

„Ich sagte Ihnen doch nun schon mehrmals, dass ich sofort bewusstlos war!" Adam saß aufrecht im Krankenhausbett und versicherte, sich an nichts erinnern zu können.

„Ihrre Verrletzung, ist sie nicht sonderrlich schliemm", bemerkte Lieb, ein israelischer Polizist, der ihn seit etwa einer Stunde befragte. Sein Deutsch war ganz ordentlich, etwas donnernd. Er war gut gekleidet, ganz in Schwarz, ein gepflegter Mann – gefühlvoll, eindringlich und sehr nachdrücklich.

„Ich hinke", sagte Adam fassungslos. Äußere Versehrtheiten waren etwas, wovor er sich schon seit seinen Kindertagen fürchtete. Nichts glich einer Ausgesetztheit so sehr wie eine Wunde, die zur Last, die zur Hässlichkeit würde.

„Ja, aberr leben Sie noch, oderr nicht?!" Lieb ging auf und ab.

Adam schwieg, er vermochte seinen Kopf kaum aufrechtzuhalten, der Nacken war verhärtet und zog einen migräneähnlichen Schmerz in den Kopf, das Bein lag wie ein Birkenstamm reglos auf dem Bett.

„Es gab nicht Verrletzte und Tote, wie norrmalerweise, wissen Sie. Aber Sie. Nur Sie. Gut, gut, in letzten Jahren war es ruhig, aberr Anschläge sind hierr norrmale Sache, ganz ganz

normal. Jedes Kind wächst auf sozusagen damit. Ist völlig norrmal. Wo wollten Sie fahren eigentlich mit dem Bus?"

Adam schüttelte den Kopf. „Ich wollte doch gar nicht den
verdammten Bus nehmen, ich lief dort nur entlang, ging an
der Haltestelle vorbei. Ich wollte in die Altstadt, zu Fuß." Seine
Wut über das Geschehene war groß. Er war da in etwas hineingeraten, in das er niemals hineingeraten wollte. Dieser un-
selige Krieg, was ging er ihn an? Was ging ihn all die Unver-
ständigkeit, was ging ihn all das menschengemachte Leid an?

Sein langes nachdenkliches Gesicht, so glaubte er, schwebe wohl irgendwo weit weg von ihm, wie neben seinem Leben
her, abgerissen vom Körper, unbrauchbar. Denn er, er war nur
noch Innerlichkeit. Gedanken dachte er nicht mehr, längst
längst … längst nicht mehr! Gedanken waren ihm zu trauer-
vollen Monden geworden, die immer in ihm aufgingen, son-
nenlos und ohne Stern. Alles war nur noch Nacht und Gefühl
– zum Fühlen allein war er genötigt, gedrängt, gezwungen.
Jetzt, jetzt in seinem Leben war alles nur noch Nacht, *die* Farbe,
die einen erfasst, wenn man *alles* erkannt, *alles* gesehen, *alles*
gefühlt hat.

„Was wollten Sie in Altstadt?", fragte der Polizist. Seine
braunen, runden Augen schauten aufmerksam.

„Spazieren gehen."

„Wollten Stadt errkunden?"

„Ja."

„Kennen Sie doch aberr Jeruschalaijm."

„Ja, na und?" Dem fragend bleibenden Ausdruck des Polizisten entgegnete Adam: „Ich bin früher immer einmal wieder hier gewesen. Allein, um hier zu sein. Dann, sehr lange
Zeit, war ich … konnte ich nicht. War beschäftigt. Und jetzt
bin ich wieder hier, um hier zu sein. An diesem Ort. In dieser
Stadt."

„Ja, sind Sie ein Gelehrrter, ich habe das gelesen."

„Bitte nicht!" In dieser Sekunde lachte Adam sogar ein
wenig auf. Aber ja! Ein kleines winziges Zucken von einem

Leuchten, das an seinen abgewandten Zügen so eigenartig herumhing, um dann wieder, wie eine süße Frucht, deren Süßigkeit nicht benötigt wird, abzufallen. „Ich hab nichts Gelehrtes an mir oder in mir. Ich bin einfach hier, um hier zu sein."

Alles wurde schwer in ihm. Aufgestaut. Seelenwellen. Sie würden vergehen. Bald würden sie vergehen, bald und für immer, bald, sobald er *es* gesehen hatte.

Er schloss die Augen. Mozarts Klavierkonzerte. Könnte er sie doch jetzt hören. Könnte er ihnen doch für kurz lauschen – weinend. Und all ihren Genauigkeiten, diesem Spitzenwerk aus blutbetäubender Dunkelheit, Zärtlichkeit, Himmel und Himmel und Himmel und dieser großen, filigransten Existenz abermals lauschen, für Tage nur lauschen und lauschen. Gespielt von irgendeiner wissend sanften und finalen Hand, gespielt von irgendeinem Teufel, der sein Gesicht gar nicht zeigen will, der gar nicht ist, der nichts verlangt, der nur gibt – funkelnd gibt, was Mozart geschrieben hat, was Mozart will.

Und es kam eine Helligkeit über sein Antlitz in diesen Augenblicken, in diesen Perlenmomenten, in denen er diese Musik der Musik der Musik hörte, verschwand all sein Angegriffensein, verging all sein Abgeneigtsein – ein Erlöstsein, ein Fliegen von höchster Höhe legte sich auf seinen geschlossenen Lidern und auf seinen plötzlich weichen Lippen nieder, wie zierlichste Blütengeschöpfe ewiger Gärten.

„Die Bombe, haben wirr kleine Teile gefunden, warr gebaut wie eine Spielzeug", Lieb fuhr fort. All die eben noch hervorsprießenden Edelsteingewächse seiner Züge lösten sich umgehend auf.

„Wie eine winzige Flugzeug aus Errste Weltkrrieg", erklärte Lieb und war sichtlich erfreut, Adams Aufmerksamkeit zumindest für kurz gewonnen zu haben. „Ist sonderrbar, nicht?"

Adam wandte sich still zum Fenster ab. Draußen flimmerte die Mittagshitze.

„Schwarrzpulver, alles ganz norrmal, aberr derr, wie sagt man das … derr Hohlkörrper, ja, derr Hohlkörrper warr gebaut wie eine Flugzeug. Wie von jemand, derr hat Gefallen an zusammenbauen. Bombe warr nicht zu starrk, err konnte nicht einschätzen, vielleicht ist ein Anfänggerr oderr so was. Ist jedenfalls sonderrbar, ja?" Lieb grinste.

„Was weiß ich", seufzte Adam, immer weiter zerbrechend.

„Passt nicht zu denen, ja, die planen besserr und anderrs so was, ja?" Lieb wollte wohl die Zustimmung Adams gewinnen. „Warrum Sie nur allein?

Haben wirr geprüft alle, die warren hierr bei Ihnen, Presse warr verboten sowieso ganz und eigentlich ich wollte keinen zu Ihnen lassen, aberr den Bieschof von Rom, ich bitte Sie, man kann nicht abweisen und auch nicht einen arrmen Trinitarier in kaputten Mantel, wie sagen Sie das?" Lieb neigte den Kopf, als betrachte er den Versehrten ganz neu.

„Habit?"

„Ganz genau! Mit kaputte Habit und eine grroße Krreuz drrauf."

„Da hab ich aber einen sehr seltenen Mönch hier gehabt, die Trinitarier gibt es doch kaum noch", stellte Adam fest.

„So eine Moslemfresser ich konnte doch nicht wegschicken, ha ha!" Lieb lachte laut auf.

„Diese Kampfzeiten des Ordens sind schon lang vorbei."

„Ich will sagen, gibt es nix Aufzufallendes überr Sie, haben Sie fürr die Katholische Kirche gearbeitet, ok. Und wirr wussten nicht, wem Bescheid zu geben – keine Frau, keine Kinder. Haben dann Deutsche Botschaft kontaktierrt", begann Lieb wieder. „Aberr was Sie machen hierr?"

„Nichts Besonderes, glauben Sie mir. Ich bin doch nur so gern hier … ich … ich fühle mich nicht wohl, ich habe Schmerzen, ich muss Sie jetzt bitten zu gehen."

Lieb grinste erneut, spürte ja gar nicht die aufgebrachten, zugleich schwachen Blicke Adams.

„Ich gebe meine Karrte, hierr ist, bitte rufen Sie an mich, wenn Sie wollen. Und verrlassen Sie das *Misgav Ladach* nicht bitte, Jeruschalaijm auch nicht!" Er schritt zur Tür, ohne sich noch einmal umzudrehen. „Ist sonderrbar, ja?", und ging.

Adam ballte die Hände zu Fäusten, bohrte die Nägel fest ins Fleisch, wollte schreien, vom Bett stürzen, wollte den Verstand verlieren! Er zerriss Liebs Visitenkarte und fühlte sehr herabführende, unmenschliche, nicht mehr länger aufzubewahrende Gefühle in sich wandeln, irrend, tobend. Wie lange musste er noch sterben? Er fühlte, roch doch schon seinen Tod. *Komm bald. Bald. Bald.*

Ich war in Bedrängnis wie ein Weib, das seinen Erstgeborenen gebiert;
denn schnell kommen ihre Wehen, und schlimmer Schmerz kommt
über ihren Muttermund, Beben hervorzurufen im Schoß der Schwangeren. . . .
und unter höllischen Wehen bricht hervor aus dem Schoß der Schwangeren
ein Wunder . . .

Qumran, Loblieder

Recitativo accompagnato und Arie

„Herr Tessdorff?" Ein Mann öffnete am Abend die Tür des Krankenzimmers.

„Wer sind Sie?", stöhnte Adam aufgebracht.

Der Mann im Sommeranzug kam näher. „Guten Abend, Herr Tessdorff, ich will Sie nicht lange stören, ich bin von der Deutschen Botschaft, komme gerade aus Tel Aviv, ich wollte mich nur nach Ihnen erkundigen." Der schon halb ergraute Botschaftsmitarbeiter, dessen immer dünner werdendes Haar nach hinten gekämmt war – er wollte sich selbst eine Pose der Lässigkeit verleihen –, lächelte und reichte ihm die Hand. „Brackwitz mein Name, wir hoffen, es geht Ihnen, natürlich den Umständen entsprechend, wenigstens etwas besser?" Er reichte Adam eine Visitenkarte.

„Nun, es ist mir … nicht so gut ergangen", Adam stockte.

„Wir können uns das nicht erklären. Sie sind ja nun ein gänzlich unbeschriebenes Blatt. Und doch als Einziger verletzt." Brackwitz lehnte sich gegen die Wand. „Darf ich trotzdem fragen, warum Sie hier sind, Herr Tessdorff?" Seine Augen, die Blicke waren so nüchtern, so nachtlos, alles darin war so zufällig und kühl, dass Adam gar nicht wusste, wie er sie anschauen sollte.

„Nur so."

„Etwas Bestimmtes, ich meine, wollten Sie etwas Bestimmtes hier? Verstehen Sie mich richtig, wir wollen Sie nur schützen", versicherte Brackwitz.

„Nein, nichts Bestimmtes", sagte Adam, „ich wollte den Karfreitag hier verbringen. Mehr nicht."

„Ich verstehe. Das mit Ihrem Bein, das tut mir leid."

„Ja. Ich bin ja nun auch schon in meinen Fünfzigern ... wird nie mehr ganz verheilen. Das Kniegelenk ist schrecklich versteift ... wie abgestorben." Adam sprach in einem leeren, müden Ton. Andere Menschen hätten sich längst gefragt, ob sie das alles nicht doch vielleicht nur träumten und jede Minute, ja Sekunde aus alldem erwachen würden. Adam aber hatte auch schon den Traum verlassen.

„Jedenfalls müssen wir von einem terroristischen Anschlag ausgehen. Ganz gleich wie harmlos, mit Verlaub und mit dem ganzen Ernst vor Ihrer Verletzung, ganz gleich wie harmlos die Explosion auch letztlich war", sagte Brackwitz.

„Harmlos. Sie nennen also eine Bombe, die nur verletzt und nicht tötet – harmlos. Sie halten Versehrungen dieser Art für geringer. Sie wollen mir also ernsthaft sagen, ich habe es noch gut gehabt?"

„Sie sollten sich jetzt nicht noch mehr schwächen", bat Brackwitz. „Ich kann Ihren Ärger sehr gut nachvollziehen –"

Doch er wurde von Adam unterbrochen. „Ach gar nichts können Sie!"

Für kurz schwiegen sie.

„Verdammt noch mal, dieser elende Krankenhausgestank hängt mir aus dem Hals raus!" Er warf die Decke von seinem Oberleib, schwitzte, glühte, hatte Fieber.

„Nochmals: ich bin ein ganz normaler Reisender, ich habe keine Ahnung, warum nur ich verletzt bin, aber ich lebe und sitze hier vor Ihnen und alles ist gut und Sie können nun beruhigt sein und so weiter und so fort. Und im Übrigen hätte ich es ja wissen müssen, dass so etwas passieren könnte, wenn man in dieses Land reist. Hier spaziert man eben nicht einfach durch die Stadt, verstehen Sie!"

„Wir wollen Sie nur schützen. Wir wollen Ihr Wohl und Ihnen helfen. Die Sache ist noch nicht aufgeklärt. Die hiesigen Behörden gehen von einem wenn auch kleinen Terroranschlag aus, der wahrscheinlich noch weitere mit sich ziehen wird. Es geht jetzt wieder los, nach der einigermaßen ruhigen Zeit in den letzten sieben Jahren."

Adam rieb sich die Schläfen.

„Sie leben in Weißenkirchen in der Wachau?", fragte Brackwitz.

„Ja, schon zehn Jahre. Warum?"

„Erholsame Gegend, tolle Landschaft!"

Adam nickte nur teilnahmslos. *Erholsam* und *toll* waren nicht annähernd die Worte, die diese fast heiligen Orte umschließen hätten können, wo der Nebel wie Rauch aus dem dunkelgrünen Fleisch der Altwälder trat. Voller Würde, voller Hoheit. Aber eben daran war Adam ja unglücklich geworden, an der Mäßigkeit der Menschen, alles war mäßig an und in ihnen, alles war immer nur mäßig. Nichts ließ sie ihre Mäßigkeit verlassen, nichts ließ sie in den Himmel, nicht einmal etwas in die Hölle stürzen. Alles war stets eben und mäßig und unwichtig, Nöte der Belanglosigkeit und Freuden der Beliebigkeit, das war der eine große Zustand.

„Und Sie haben dort ein Haus?"

„Ja." Adam legte den Kopf aufs Kissen, seine dunklen Augen schauten hoch zur Zimmerdecke. „Sie wollen also plaudern", fuhr er seufzend fort, „nun gut. Also, ich habe geerbt, Kunst, mein Großvater hat gesammelt."

„Altmeister?"

„Leider nein. Für mich nur Kunstgewerbe. Zwei Wiener Sezessionisten und einen Expressionisten. Und die hab ich dann verkauft, schon vor langer Zeit, an einen amerikanischen Sammler, der mir *sehr sehr* viel Geld dafür gezahlt hat. Wenn Sie wollen, können Sie mich reich nennen."

„Welche Künstler, das klingt ja sehr interessant."

„Klimt, Schiele und Kirchner", zählte Adam gelangweilt auf.

„Und die haben Sie alle drei verkauft?"

„Ja, warum auch nicht? An denen hatte ich mich als kleiner Junge schon satt gesehen. Dann war's auch irgendwann gut. Da hing mein Herz nicht dran. Und das Haus, das ich mir kaufte, ist wirklich nur ein kleines Häuschen, erinnert ein wenig an Goethes Gartenhaus, Sie wissen ja, Stuttgarter Schule."

„Lebt man da nicht sehr zurückgezogen?"

Adam aber war schon wieder fort, seine Augen betrachteten starr einen Punkt, er versuchte wie im suchenden Krampf dem verregneten Andante von Mozarts vollständig vergoldetem Klavierkonzert Nr. 22 zu folgen. Er gab für Minuten keinen Ton mehr von sich, er war gar nicht mehr da, er war gegangen, körperlos.

Brackwitz räusperte sich etwas hilflos. „Sie ... Sie hatten ja schon hohen Besuch."

„Bitte?"

„Hohen Besuch, Sie hatten schon hohen Besuch hier", wiederholte er.

„Ja."

„Höchsten Besuch."

„Ja."

„Sie waren ja sein Student, damals in Regensburg."

Adam nickte wieder.

„Und dann holte er Sie sogar in seine Nähe nach Rom, da war er Präfekt geworden, und Sie begannen fürs *Radio Vatikan* zu arbeiten."

„Ja, genau so war's", sagte Adam trocken.

Brackwitz wartete ab, schmunzelte, wollte wohl irgendetwas aus Adam herauskitzeln, doch es gelang ihm nicht.

„Das *Misgav Ladach* ist ein jüdisches Krankenhaus, trotz der etwas fragilen Beziehung zwischen Katholischer Kirche und Israel hat man sich hier über ihn gefreut. Alle wollten wissen, wer Sie sind, warum er Sie besucht. Der Fakt, dass Sie Opfer eines terroristischen Anschlags wurden, machte Sie, wie soll ich sagen, *sympathisch*." Brackwitz nahm sich endlich einen Stuhl. „Als Mitarbeiter der Kirche trugen Sie sicher eine große Verantwortung, und dennoch haben Sie sich losgemacht von ihr. Warum das? Wollten Sie mehr Aufmerksamkeit?"

„Ich habe mich nie *losgemacht* von ihr", stellte Adam richtig. Seine Stimme klang dunkel. „Und was meinen Sie mit Aufmerksamkeit, das ist wirklich lächerlich!", zischte er.

„Sie waren einer seiner engsten Vertrauten. Und dann das."

„Worauf wollen Sie eigentlich hinaus?" Adam nahm sich eine kleine Wasserflasche vom Nachttisch.

„Gar nichts, es ist nur irgendwie bemerkenswert, wie Sie planten, gegen die Kirche vorzugehen." Brackwitz lief ein wenig rot an, obschon seine Wimpern und Brauen ohnehin einen gereizten Ton trugen, aber das war nur die unruhige Scham, zu spüren und sich nicht anmerken zu lassen, dass diese ganze Geschichte zu umfangreich für ihn wurde, nun, da er dem Verfasser gegenübersaß, der kein gewöhnlicher Mensch zu sein schien, der wiederum längst erkennen musste, dass in Brackwitz leider zu viel Gewöhnlichkeit für eine solch hohe Angelegenheit lag.

„Ich bin nie gegen die Kirche *vorgegangen*. Das ist doch Unsinn!", rief Adam.

„Aber Sie haben doch diesen Text hier geschrieben, es ging dabei um Qumran, um den ganzen Schriftrollenkram, das war doch wohl mehr Dichtung als Wahrheit, oder nicht?" Brackwitz holte einen Ausdruck des Zeitungsartikels hervor.

Adam blickte ihn wütend an.

„Damals", Brackwitz suchte das Datum, „im November 1998 veröffentlichten Sie Ihren berühmten Text in der *Neuen*

Zürcher — ein ganz schönes Ding haben Sie da losgelassen! Und das nach allem, was Ihr hoher Lehrmeister für Sie getan hatte …" Etwas dumm Unwissendes, Unseliges stellte sich in Brackwitz' Gesicht ein, mit einem Mal, auch wenn es vielleicht die ganze Zeit in seinen Mundwinkeln und hinter seinen Lidern so rötlich gelauert hatte. „Da sind Sie der Katholischen Kirche so was von in den Rücken gefallen! War ja dann auch Ihr öffentlicher Selbstmord, kann mir nicht vorstellen, dass die Kirche noch etwas von Ihnen wissen wollte. Ist doch so, oder, Sie wurden weggeschickt, entlassen? Und ehrlich gesagt, ich hab mich da mal ein bisschen schlau gemacht, und da bin ich ganz manisch: Für die Wissenschaft steht in den Rollen ja gar nichts Neues drin." Brackwitz nahm den Ausdruck jener Menschen an, die sich gern auf viel zu hohe Formate einlassen, sich in ihrer Dummheit dann selbst hochschaukeln, ja voll plötzlicher und ungebildeter Wollust ihres Nichtwissens glauben, den Homers ihre Trojanischen Kriege erklären zu müssen. „Sie müssen wissen, die Katholische Kirche ist zu mächtig für uns beide, da blicken wir doch nicht durch. Da haben Sie sich einfach verschätzt, übernommen. Warum hat Ihnen das eigentlich keiner ausgeredet? Das haben Sie doch selbst nicht geglaubt, was Sie da fabuliert haben?"

„Komm, komm — jetzt reicht's, rede nicht von Dingen, die du nicht nur nicht verstehst, sondern die sich dir auch verwehren. Und ein *Wir* gibt es da erst recht nicht. Qumran und die Kirche, das ist beides tiefste Glaubenskunde! Und jetzt weg! Weg!" Adam drehte den Kopf vollständig zur Seite, zog die Decke an sich heran und schloss die Augen.

Als Brackwitz endlich das Zimmer verlassen hatte, spürte Adam wieder unaufhaltsam den Drang nach Weinen. Schwerem, schmerzhaftem Weinen. Keinen Menschen. Er war über fünfzig und hatte keinen einzigen Menschen in seinem Leben. War das überhaupt noch ein Herz, was da in ihm schlug? War das nicht längst ein wässriges Stück Holz, ein leeres, dahintreibendes Boot?

Und auf einem der Stühle lag die ganze Nacht hindurch der von Brackwitz absichtlich oder unabsichtlich liegen gelassene Zeitungsartikel, so traurig, wie sein Verfasser selbst.

D i e A u t o g r a p h e n G o t t e s
Die Katholische Kirche im Licht Qumrans und im Schatten Paulus'
Ein Glaubensbekenntnis

Adam Tessdorff *1948 fand ein Hirtenjunge in einer Höhle nahe dem Toten Meer Gott selbst: die *Schriftrollen von Qumran*. Nur ein erster Teil des umfangreichen Korpus. Über den jahrelangen Streit, was die Übersetzung und Freigabe der Rollen betrifft, will ich hier nicht sprechen. Ich will einzig den Rang ihrer Heiligkeit verkünden, ja verkündigen, wurden diese doch entweder entschärft oder beschmutzt. Ich aber, ich bin völlig angehalten in meinem Leben, angesichts dessen, was sich mir darin offenbart, es sind Offenbarungen des Lebens und der Liebe, jedoch auf eine Weise, wie sie mir näher noch kommen, wie sie mich mehr noch ergreifen und fassen als das Neue Testament.

Die Verfasser der Rollen, jene *Jerusalemer Gemeinde*, an deren Spitze der *Lehrer der Gerechtigkeit* stand und die sich in die Judäische Wüste zurückzog, weil die Jerusalemer Priesterschaft die Gesetze Gottes nicht *genau* genug lebte, ziehen mich in ihren vollkommenen Ton hinein, in ihre die Vorstellung sprengenden Beschreibungen Gottes und all das, was von ihm kommt und zu ihm geht und durch ihn ist. Die sinnlichen und dunk-

---

*   Der Autor, geb. 1956 in Bamberg, hat Katholische Theologie in Regensburg beim, wie der Autor ihn nennt, „Mozart der Theologie" studiert und ist heute Mitarbeiter des Radio Vatikan in Rom.

len Texte sind getränkt in alle Zeiten durchschreitende Wahrheit, Geltung und Unsterblichkeit. Ihre Würde und Schönheit sind unermesslich dem, der sie nicht selbst gelesen hat, und auch dann noch bedarf es natürlich der liebenden Lektüre, nur eine solche darf urteilen und erkennen. Selbst die zornigen, teilweise fremdenfeindlichen Passagen ergeben sich doch aus der Zeit der physischen und psychischen Unterdrückung durch wechselnde, meist römische Fremdherrschaft, die, beinah schon gelangweilt von der eigenen Höhe in Kunst, Staat und Verfeinerung, mit ihren den Kaisern opfernden Götzen in Jerusalem einzog, in jener wohl schon damals blind überheblichen und darum meist nicht gut ausgehenden westlichen Haltung, wir seien die alleinigen Boten, die Überbringer der Wahrheit. Das sind wir nicht.

Je mehr die Rollen Antwort auf das Innerste in uns geben, je mehr sie in mir aufsteigen, desto kühler und abgewandter verhalten sich die Evangelien. Lieben uns die Rollen aus Qumran mehr noch, als es das Neue Testament womöglich tut? Glauben die Rollen *bedingungsloser* an uns, bestehen sie etwa *mehr* noch auf unserer Wahrhaftigkeit, Treue und Reinheit? Auch Paulus entfernt sich immer mehr von mir. Ich versuche ihn anzunehmen, doch zunehmend bildet er sich mir als ein Vorreiter der Beliebigkeiten ab, als ein Wegbereiter der Schwäche, als ein Bedenker der Sünde, die wir gar nicht brauchen, wenn wir lieben!

Robert H. Eisenman gilt es zu danken, *ich danke ihm.* Ungeachtet seines wissenschaftlichen Leumunds, er ist Professor für die Religion und Archäologie des Mittleren Ostens, Direktor des Instituts zur Erforschung jüdisch-christlicher und islamischer Urgeschichte an der *California State University, Visiting Senior Member* in Oxford sowie Herausgeber bedeutender Qumran-Bücher, sieht er sich hässlicher Kritik ausgesetzt, und doch hat er mir so zarte und leuchtende Tore in die Rollen geöffnet. Dabei kommt seine Ernsthaftigkeit, seine Aufrichtigkeit und sein warmer wissenschaftlicher Ton besonders zum Ausdruck, seine Wissenschaft und Forschung sind leidenschaftlich, nicht abenteuerlich, wie es ihm Gegner seiner Theorien, gerade auch aus theologischen Kreisen, gern anzuhängen versuchen. Aber solche Priester besitzen doch gar keine *eigene Wahrheit* und zerstören solche, die welche haben. Eisenman ist nicht der *advocatus diaboli*, wie diese Gegner ihn gern betiteln würden, sondern mein *advocatus dei*! Er will Heiligkeit. Können wir ihr näher sein als durch die Handschriften vom Toten Meer, diesen Autographen Gottes?

„Solche Bewegungen sind mit ihrem Bekenntnis zu absoluter Reinheit, unerschütterlicher Gerechtigkeit und kompromissloser Integrität zweifellos altmodisch, aber das macht vielleicht gerade ihren Reiz aus. In Zeiten, in denen so vieles relativ und beliebig ist, hat solch eine ehrliche, vollkommen aufrichtige und absolut unnachgiebige Frömmigkeit und Reinheit etwas sehr Anziehendes. Es gab keine Abstufungen oder Einschränkungen, kein wenn, aber oder vielleicht. Alles liegt klar da in den scharfen Linien von Licht und Finsternis, engagiert oder, wie es in mehreren Qumran-Handschriften so beredt formuliert wird, geradeaus, nicht abweichend nach links und rechts. Zumindest der Eleganz, der Geradlinigkeit und dem unerbittlichen Gerechtigkeitswillen dieser wiederentdeckten Schriften kann die moderne Welt ihre Bewunderung nicht versagen.“ (Eisenman)

Die Römisch-Katholische Kirche, als strahlendes und reich besticktes Gewand des Glaubens, ist Sinn, Erhabenheit und in ihrer Leidensgeschichte immer blutend. Aber Qumran, als ungeformter Goldbarren, ist noch sinnerfüllter, noch erhabener und in seiner Leidensgeschichte noch blutender.

Ich bin keineswegs vom Glauben abgefallen und Verrat kennt mein Herz nicht. Ich bin dem Glauben durch Qumran noch verpflichteter, noch dankbarer. Denn die Schriftrollen zeigen mir, dass es nicht nur den einen, sondern dass es die Söhne des Lichtes gibt.

Zu sagen, die Gemeinde von Qumran habe sich in der Wüste vor dem Rest der Menschheit abgeschlossen, wohingegen die christlich-paulinische Lehre mehr das eröffnende, frohlockende Verkünden vorzog, ist einfach falsch, denn der

Lehrer der Gerechtigkeit herrschte von ebendieser Wüstengemeinschaft aus, seine Anweisungen erreichten Jerusalem, erreichten überseeische Städte und seine Genauigkeit, Strenge und sein Beobachten ließen nie nach.

Ließe man all die mosaische Erfüllungssuche einmal aus den Schriftrollen von Qumran weg, so bliebe da ein heiliges Gerüst übrig, das allen Menschen auf der Welt einen einzigen Glauben schenken könnte: den Glauben des Glaubens.

Mit Dunkel umkleidete ich mich, und meine Zunge klebte am Gaumen …
und ihr Herz und ihr Sinnen erschien mir zu Bitternissen.
Es verfinsterte sich die Leuchte meines Angesichtes zum Dunkel,
und meine Würde wurde zur Schwärze verkehrt. Aber du, mein Gott,
hast eine Weite aufgetan in meinem Herzen. Aber sie, sie ziehen sie zurück
zur Drangsal und schließen mich rings mit Finsternis ein.
Und ich aß vom Brot des Seufzens, und mein Trank
waren Tränen ohne Ende.

Qumran, Loblieder

Rezitativ

Das Knie war zu dick umbunden, es passte nicht durch die Hose hindurch. Adam hatte gerade einmal vermocht, das gesunde rechte Bein zu bekleiden, und schnaubte schon vor Erschöpfung. Steif und kerzengerade hing das andere Bein von ihm herunter, wie leblos. Er konnte es nicht anwinkeln, konnte es nicht heben, der Schmerz saß zu tief. Schließlich begann er den Leinenstoff mittig aufzureißen, bis nach unten zum Saum hin. Er schlüpfte in seine leichten Budapester, zog sich sein Hemd an und warf das Jackett über – rasiert war er schon seit Tagen nicht –, nahm die Krücken und verließ das Krankenzimmer.

Ein dunkelhaariger Mann in einem gestreiften Hemd und Jeans, der gleich neben der Tür auf einem der Stühle saß und las, fuhr auf, als er Adam bekleidet aus dem Zimmer kommen sah. Auch Adam blieb einen Moment lang stehen und wartete.

Der Mann grüßte kurz und wandte sich wieder unauffällig und damit eben auffällig ab.

Adam suchte hastig einen Fahrstuhl auf. Als er eine Schwester traf, murmelte er nur mehrmals irgendetwas in sich hinein, sonst wurde er nicht aufgehalten, im Gegenteil, er bemerkte etwas Zerstreutes, beinah Ordnungsloses unter den Ärzten und Mitarbeitern.

Draußen warteten Taxis. Er stieg ein, auf sehr umständliche und beschwerliche Weise, alles ging nur langsam voran mit diesem kaputten Knie, aber endlich hatte er das Krankenhaus verlassen, endlich.

„King David", sagte er dem Fahrer.

Die Sonne fiel wie schwerer Lichtsirup nieder. Viele Menschen waren unterwegs. Die üblichen Rucksack-Touristen in ihrer üblichen Bedrängung schöner, bedeutender Städte, in ihrem Trampeln und in ihrer banalen Neugier, alles erkunden zu wollen.

Aber Adam sah auch die hier Lebenden, die in einer, trotz langer blutiger Zeiten, Gelassenheit und einer Vornehmheit durch die Straßen liefen, scheinbar abgewandt leicht, und dennoch irgendwie nachdenklich, Muslime mit ihren im Wind so stolz wehenden Kufiyas, orthodoxe Juden, in ihrer ernst urbanen Hast. Kleinere Marktstände an den Straßenrändern, Berge von Bonbons in buntem Glitzerpapier, Unterwäsche, Schuhe.

„Oh, ähm … I need a … walking stick! Do you know where I can buy one?" Adam wollte die Krücken nicht länger mit sich tragen. Der Taxifahrer wusste rasch, wohin. Er hielt an einem Durchgang zur Altstadt. „Sir, let mie go and buy dies stieck, I know betterr de way!"

Adam verharrte im Wagen. Schwer atmend. Schwitzend. Die kleinen Schweißperlen fielen von seinen grauen Schläfen herab und kitzelten ihn wie Tränen. Seine rötlich gebräunte Brustdecke schimmerte in ihren weißlichen Härchen.

Neben ihm ruhten die Krücken. Er, dieser hochgewachsene, kräftige, so stattliche Mann ging an Krücken. Er, der nie außerhalb der Seele gelitten hatte, war versehrt …

In jenem Andante von Mozarts 22. Klavierkonzert gab es diese *eine* Stelle, die so tief klang, so aus dem gebieterisch anmutigsten Urgrund der Musik herrührte, seiden und glatt wie der blasse Morgenhimmel, ohne Erhebungen, ohne Senkungen – allein *tief* … so tief … so tief …

Der Taxifahrer öffnete die Tür und hielt Adam einen wunderschönen Gehstock aus rötlichem Holz entgegen, obenauf ein prächtiger Hundekopf aus Messing. „Thank you! How much?" Adam zückte seine Brieftasche, doch der Taxifahrer winkte freudig ab, warf die Tür zu und setzte sich wieder ans Steuer. Adam bedankte sich mehrmals und betrachtete den Knauf. Es hätte ein kanadischer *Tolling Retriever* sein können. Stark, klug und sehr erhaben. Adam lächelte. *Ich nenne dich … Fritz.*

*

Im Hotel angekommen, eilten mehrere Hotelangestellte zu ihm. Sie bedauerten seinen Zustand, seine Verletzung. Adam war sehr träge. Er nickte dankend und versicherte, dass es ihm besser ginge. Doch einer der Angestellten wies zur Lobby, Adam erkannte Lieb wieder, der sich wütend erhob und auf Adam zuschritt. „Was Sie denken sich eigentlich? Ist nicht Spaß! Warum Sie haben verlassen Krankenhaus?!"

Adam suchte einen lapisblauen Sessel auf, in den er sich niederfallen ließ. „Majim!", schrie Lieb quer durch die Halle. „Herr Tessdorrff, was Sie glauben, ist passierrt, he? Eine Anschlag. Und ist nicht gut fürr Sie, alleine zu sein hierr, in diese Stadt. Ist eine terroristische Bombe gewesen, ob Hamas oderr eine anderre Gruppe, wirr wissen noch nicht", Lieb räusperte sich, „warr auch kleine Bombe. Sieben Jahre war ganz ruhig, jetzt geht wiederr los, vorr einigen Tagen in derr Stadt, eine Autobombe. Kann auch sein, dass Ihrre Anschlag ist eine ganz neue Terrorgruppe, weil haben wirr gefunden Teile und wissen wirr jetzt, dass das Flugzeug warr, wie sagt man, war gesteuerrt." Adam unterbrach ihn. „Sie meinen ferngesteuert?", und trank einen langen Schluck von dem kalten Wasser, das man ihm brachte. „Ja! Ist ganz neue Vorrgehen! Vielleicht ein jungerr Terrorist will sein originell, aber wirr kriegen ihn!"

„Es ist mir ja nichts passiert", sagte Adam leise.

„Aberr Herr Tessdorrff, wirr müssen Sie schützen, alle Menschen hierr. Ist Ihnen nichts passierrt, weil Sie waren in Schutz von meine Männerr. Was glauben Sie, werr war Taxifahrrer, he?"

„Ich verstehe", flüsterte Adam ernst.

„Ist eine Sache, das wirr können nicht nehmen einfach so. Warrum man hat Sie verrletzt, wirr wissen nicht. Vielleicht ging daneben, bestimmt ging daneben, abeer trotzdem, wir müssen sie schützen, weil Sie sind angegriffen worrden. Nurr Sie sind verletzt, ist sonderrbar, ja?", Lieb lehnte sich zurück.

Ein langes Fenster zeigte nach draußen. Elegante Frauen und Männer nahmen ihren Kaffee.

„Wann … kann ich zurück nach Hause?" Adam fragte das nur, um abzulenken. Er wusste gar nicht, ob er zurück wollte, wusste nicht, was er, nachdem er *es* sehen würde, bald sehen würde … überhaupt noch tun könnte. Er fürchtete sich davor, wieder jene Frage gefragt zu werden, auf die er einfach nicht antworten konnte und wollte. Warum er hier war, das war sein schmerzvollstes, sein schönstes Geheimnis.

„Errst mal nicht, Herr Tessdorrff, müssen wirr einiges prüfen und etwas warrten. Ich bitte Sie ein wenig zu warrten noch, dann Sie können in Ruhe nach Hause. Versprrochen!" Lieb lächelte zum ersten Mal *echt*. Fast warm und wissend.

*

Im Fahrstuhl fühlte sich Adam beobachtet, ein junges Ehepaar betrachtete ihn fortwährend. Als sie ausstiegen, reichte ihm die Frau besorgt ein Taschentuch. Er nahm es, tupfte damit seine Stirn und sah hellrote Flecken darauf. Er dachte an Joseph und an Lukas. *Und er betete in seiner Angst noch inständiger, und sein Schweiß war wie Blut, das auf die Erde tropfte.*

Er schloss die Tür seines Zimmers. Er nahm einige Schmerztabletten, die er aus dem Krankenhaus mitgenommen hatte, trank Wasser und legte sich auf das Bett. Der Duft der frisch aufgeschnittenen Feigen, die auf dem Tisch vor dem Sofa in einer Schale prangten, lag überall.

Das Knie, verhärtet wie ein Berg, wie ein Fels, wie zusammengepresste steinerne Zeiten, stillstehend, schon lange nicht mehr wandelnd, findend, lebend. Fritz lag neben ihm auf dem Bett. Beide waren erschöpft. Sehr erschöpft.

Nur noch der *Besuch* ... nur noch *das* sehen, was ich als Einziges noch sehen will, was ich als Einziges noch sehen muss, nur noch das *eine*, wofür ich lebe, einmal in Händen halten, und dann, Gott, kannst du mich holen. „Dann kannst du mich holen!", rief er laut gegen die Decke, als sei dahinter das Himmelsreich samt allen Engeln, samt ihrem Schöpfer verborgen.

Adam weinte in sich hinein. Streichelte Fritz über den Kopf, rieb mit seinem Daumen die floralen Verzierungen seines Felles nach, liebend, so liebend, voller Liebe und Liebe und Liebe.

*

Er beugte sich übers Bett, so gut es ging, nahm den Hörer, wählte eine Nummer, die er aus dem Kopf kannte, und wartete.

Nichts geschah. Adam wartete.

Wählte wieder. Vielleicht schlief er auch für Sekunden, für Minuten ein ... Jedenfalls erreichte er irgendwann eine Stimme.

„Seeliger."

„Herr Seeliger?"

„Ja."

„Tessdorff! Ich … es geht mir gut!"

„Herr Tessdorff! Wir haben uns große Sorgen gemacht! Sagen Sie, sind Sie der Verletzte?"

„Ja, das bin ich. Ist das nicht verrückt?"

„Herr Tessdorff, sagen Sie mir, geht es Ihnen gut? Sind Sie schwer verletzt?"

„Nein, ich … mein Knie, es ist mein Knie. Aber es geht schon."

„Herr Tessdorff, Gott sei Dank!"

„Ja, Gott sei Dank."

„Sind Sie im Krankenhaus?"

„Nein, im Hotel."

„Ich hole Sie ab!"

„Nein, bitte nicht, das … wäre jetzt nicht gut. Ich komme selbst zu Ihnen."

„Aber Sie sind verletzt und gewiss schwach und ich … lassen Sie mich kommen!"

„Nein, bitte, Herr Seeliger, vertrauen Sie mir, es wäre nicht gut, ich … ich kann nicht frei sprechen, ich … komme selbst zu Ihnen."

„Gut, ist gut. Ich bin hier. Sie haben ja die Adresse."

„Ja."

„Ich bin hier und dankbar und glücklich, dass Sie leben!"

„Danke …"

„Herr Tessdorff, wie wollen wir verbleiben?"

„Heute Abend?"

„Sehr gern! Und Sie wollen wirklich selbst kommen?"

„Ja, glauben Sie mir, es ist besser so."

„Ja, ich glaube Ihnen."

„Um sechs?"

„Voller Erwartung, mein Freund, voller Erwartung! Seien Sie mir dann herzlich willkommen!"

„Ich danke Ihnen."

„Ich danke Ihnen."

Adam nahm Fritz und hinkte zum Fenster. Öffnete es. Jerusalem war weiß, ein so zerbrechliches und zugleich fernes, ja verzweifeltes Licht lag über den Schachtelhäusern, den flachen Dächern, den hellen Türmen. Die Mauer zog sich wie ein Rätsel durch die Stadt. Alles schob sich rein empor und fiel doch haltlos ab. Die Zärtlichkeit einer Härte und Qual lag hier, viel Blut lag hier und viel Verletzbarkeit der Gassen und Wege und Hügel. Eine wundgelebte Stadt.

„Wenn ich es gesehen habe, Gott, dann hol mich endlich!" Adam hielt Fritz fest umgriffen und schaute stolz, aber voller Furcht, voller Unheil hinaus.

Und es brauste die Urflut zu meinem Stöhnen, und meine Seele gelangte bis an die Tore des Todes.

Qumran, Loblieder

Duett

So festlich, so elegant war Adam schon seit vielen Jahren nicht mehr gekleidet. Den Anzug hatte er sich machen lassen, nur hierfür, für diese Reise, diese *letzte* Reise. Der Stoff bestand aus dunkelblauer, tiefblauer Bouretteseide. Darunter ein aufgeknöpftes Hemd in der Farbe der Himmel, wenn sie wach sind, wenn sie tagen, wenn sie leuchten. Das silberne Brusthaar schimmerte hervor, er war zart parfümiert, die Fingernägel schön gefeilt, rasiert, das längliche, schon beinah die Schultern streifende, gelockte Haar war zurückgekämmt, die hohe weiche Stirn herrschte wie die stille Krone eines Seelensiegers, denn *hierin* war er immer und immer und immer fein geblieben – und lächelnd, *heute* lächelnd, denn heute, an diesem Tag, würde er sein Leben mit dem wundersamsten, größten Geschenk der Heiligkeit beenden, endlich … endlich.

Ja, er hatte sich fein gemacht für den Tod. Für seinen eigenen Tod. Der nun so sehr nahte, dass sein Herz wie tollwütig schlug. Groß gewachsen, stattlich wie er war, schritt er zum Spiegel. Fritz hielt ihn, stützte ihn, und Adam spürte das Fest, das sich allmählich in seinem Blut erhob, ja den Blutsturm, der jetzt in ihm begann!

*

Während er im Fahrstuhl hinunterfuhr, erinnerte er sich an Lieb. Gewiss würde er immer noch beobachtet werden, ganz sicher saß da unten jemand herum, den er nicht als einen solchen erkennen würde und der ihn doch auf Schritt und Tritt verfolgte. Das war lästig und sehr ärgerlich, aber da kam er jetzt nicht umhin. Er musste versuchen, denjenigen irgendwo in der Stadt abzuhängen.

Trotz allem Gram, der in ihm war, war er jetzt gelassen, und voll tod-träumerischer Freude, mit dem wohl *glücklichsten* Antlitz seit langen, gedehnten Zeiten, passierte er die gläserne Drehtür und fand sich draußen in einer milden Luft wieder. Der frühe Abend hing wie eine Frucht über der Stadt, hing dort so leicht, so wunderbar. Er fühlte zwar unmittelbar, dass da jemand war, dass jemand auf ihn achtgab, aber heute Nacht war die Nacht seines Todes, und alles würde vorüber sein und alles wäre nur noch Ende und Sanftheit. Niemand war so stark wie sein Tod, niemand konnte ihn mehr angreifen, niemand musste ihn beschützen, denn er trug die Rüstung der Unnahbarkeit eines Sterbenden.

Oh, so voller Gewissheit, Entschlossenheit war er doch sonst nur in seiner eigenen Tiefe, in ihrem Feuerbusch, in ihrer Ordnung, und nun, nun war er selbst Fleisch in Gewissheit, seine Haut, sein Leib, sein Atem – alles strahlte dem Bevorstehenden entgegen, wie es bald Sterbende tun, wie sie ein Licht des Gesichtes entfalten in ihren allerletzten Tagen und Stunden, das allein ihrem Tode gehorcht und allein ihrem Tod gehört.

Das *King David* ließ er hinter sich, wie es da so in die Länge und in die Breite gezogen stand, und sich der Altstadt zuwendete , die wie eine Braut in ihr Immerweiß gekleidet war, vermählt mit süßer Traurigkeit … Das blasse Jerusalemer Gestein war überall erleuchtet, erhöht durch sehr weich farbige Lichter.

Im Taxi waren alle Fenster geöffnet, Wind fuhr durch seine Gedanken, die jetzt alle nach und nach aus seinem Geist verschwanden, eine herrliche Leere, oh, eine so angenehme Leere folgte ihrer statt. Ja, der Tod ist am schönsten, wenn man ihn heiß erwartet und sich alles andere ebnet, verneigt vor ihm und ein Geistersummen ihn zu rufen beginnt, im schwarzen Choral des Seeleneingangs, komm ... komm ... komm ... komm ...

Daniel Seeliger lebte genau über dem Jerusalemer *Cardo*, Adam ließ sich aber, mit dem Vorwand eines Besuches, an einem Haus absetzen, das er gut kannte, weil es, wie so manche Wundergebäude in Jerusalem oder auch in Venedig, mehrere versteckte Ausgänge hatte, die alle irgendwo hinführten. Und so entkam er dem Auge, wenngleich es auch nur seinem Schutz galt, Schutz oder Gefahr jedoch gab es nicht mehr, alles, alles war Tod und verdunkelter Glanz.

Als er das Gebäude wieder verließ und in ein anderes eintreten wollte, stand plötzlich ein junger Mensch vor ihm, der so stark schaute, dass Adam stehen blieb. Eine so unruhige Hybris der Lieblichkeit war das ganze Wesen dieses jungen Mannes. Seine wasserblauen Augen schauten so lange, so stark. Adam schritt auf ihn zu, der junge Mann erschrak ob dieser unaufhaltbar machtvollen Präsenz Adams und machte den Weg frei. Ein Rosenkranz rutschte von seinem Handgelenk hervor. Adam ging weiter.

Die Medizin, die er zu sich genommen hatte, wirkte gut und sein Bein war frei von Qual. So schritt er durch Gewölbebögen hindurch, an Verkaufsständen entlang, über denen kleine israelische Flaggen hervorragten, an sehr alten Mosaikwänden vorbei, die bunt verschwiegen flirrten, sah Orthodoxe mit sehr hellen Gesichtern, dunklem, oft aber auch rötlichem Haar, wie sie, mit Büchern unterm Arm oder Kinderwagen schiebend, an ihm vorüberzogen, in ihren schwarz-weißen Glaubensuniformen. Polizei war nahezu überall, stets bewaffnet, auch Frauen, hübsche junge Soldatinnen, manche knabenhaft ernst, andere fast schamhaft scherzend, die Hand fest auf der Waffe ruhend, während sie die Wege abschritten.

Adam hinkte die abendlichen Straßen des jüdischen Alt-
stadtviertels langsam und doch so erstaunlich anmutig, fest
und herrschend hinab und empor, ging mittig, die Blicke gesenkt, die Schultern entspannt, voll epischer Gestalt, sodass
sich die Menschenmenge beinahe teilte, rechts und links von
ihm abfiel, wie Wellen, die verwundert fort treiben …

Diese Saphiraugen … diese Entschiedenheit. Adam erinnerte den
Betenden, jenen Mönch, der sich nach dem Unfall über ihn
gebeugt und mit seinen knisternden Gebeten umflüstert hatte.
Jeans und Hemd nahmen ihm nichts von seiner Frömmigkeit.
Hätte ich mich doch bedankt, statt ihn zu verdrängen …

*

Adam klingelte. Sein Herz … sein Herz schmerzte von den
eigenen Schlägen, vom eigenen Puls.

Weiche, gemäßigte und doch euphorische Schritte hall-
ten.

Holzboden. Teppich, wieder Holzboden.

Ein Räuspern.

Dann waren die Schritte ganz nah und die Tür ging auf …
und Daniel Seeliger empfing ihn mit verheißungsvollen Armen, die das geheimnisvollste Geheimnis für ihn bereithiel-
ten.

„Adam Tessdorff! Ihre *imitatio jacobi* ging aber sehr weit!"
Seeliger umarmte ihn fest und Adam konnte nicht anders, als
bei diesem brillanten Scherz in Lachen auszubrechen.

„Kommen Sie, kommen Sie – kommen Sie doch herein,
mein wunderbarer Gast!" Seeliger beugte sich herab, um
Adams Knie zu ertasten, vorsichtig suchte er nach dem Ver-
band, aber Adam zog sein Bein zurück. „Ist nicht so schlimm",
sagte er schnell. Doch Daniel Seeliger fühlte, wie schlimm es
war, wie furchtbar es für einen unversehrten Mann sein musste, fortan zu hinken, und seine Augen glänzten vor Mitgefühl.
„Ich schäme mich, wer auch immer es war, ich schäme mich

für denjenigen. Immerhin sind Sie hier … wegen mir … und dann sind Sie solch einer Erschütterung ausgesetzt – ja, ich *schäme* mich für mein eigenes Land und für die Palästinenser, für beide, sie sind wie tobende Geschwister, die sich um die eine gemeinsame Mutter streiten! Ja, ich schäme mich für den Grund, warum Sie dieser Gefahr ausgesetzt waren und sogar … sogar ein Leid erfahren mussten. Überall Gewalt! Immer immer Gewalt!"

Sie schritten ins Wohnzimmer der Seeligers, setzten sich. Daniel Seeliger stützte Adams Arm, jedoch auf eine Weise, dass Adam keine Zurückgesetztheit verspürte, eben eine Hilfe, der man die Hilfe nicht ansehen sollte. Fast, als sei Seeliger auch verletzt, aus aufrichtiger Treue hätte er sich wohl auch einen Schmerz zugefügt, und das war etwas so Unwestliches, etwas so umständlich Liebendes, und darum so Entzückendes!

„Ihr Deutsch ist ein so schönes", bemerkte Adam und lehnte sich ruhig zurück.

„Ja, in unserer Familie wurde immer Deutsch gesprochen, Deutsch ist die Sprache meines Herzens, auch meine Töchter sprechen es, meine Frau, die gute Milla, auch, sie rollt das R so herrlich jüdisch!"

Adam nickte schmunzelnd.

In zwei Sesseln saßen sie sich gegenüber, ihre Verbundenheit zog eine zarte Diagonale durch den Raum. Seeliger betrachtete ihn mit seinen großen wachen Augen, jugendlich waren die und stachen vertrauensvoll und bewundernd zugleich hervor, er selbst war schon ein alter Mann. „Sie sind größer, viel größer, als ich Sie mir vorgestellt habe. Sie sehen gar nicht aus wie ein … - "

„Wie ein Theologe?", ergänzte Adam.

„Ja, genau, Sie haben eher etwas von einem Krieger", sagte Daniel. „Da komme ich mir ja vor wie ein Zwerg!"

Adam sah sich um. Der Raum war nicht groß, aber wunderbar lang. Rundbögen führten in die Küche und in den Gang. Er sah Wandteppiche, Bücherregale, Photos, einen Blumenstrauß, einen kleinen Esstisch mit gelber Tischdecke, ein Klavier, einen Seidenschal, ein Sofa, ein bestimmtes Gemälde, von einem guten Dutzend goldener venezianischer Masken umhängt, etwas, das ihn sofort ergriff und das er vor Pracht gar nicht anzuschauen aushielt …

Seeliger schaute ihm immerfort ins Antlitz, sah das prunkvolle Sterben darin, all die Todesjuwelen dieses gewaltigen Mannes.

„Adam, bitte, Sie sollen wissen, dass ich zutiefst beschämt bin über Ihre Verletzung und dass ich es mir kaum verzeihe, Sie gerufen zu haben."

„Ich bin doch selbst gekommen, ich habe Ihren Ruf empfangen wie Licht. Nichts Feineres hätte mein Leben rufen können als unser *Geheimnis*."

„Verzeihen Sie uns, verzeihen Sie unserem Krieg, unserem Blut, verzeihen Sie, dass Sie kommen, um Gottes wegen, und mit einer Wunde zurückkehren." Die Geistigkeit der wörtlichen Verbeugungen und Entschuldigungen Seeligers waren erfüllt von Echtheit.

„Sie müssen sich nicht entschuldigen, nicht *Sie*", beteuerte Adam. Seine Augen ruhten, sein Mund – alles. Fritz lehnte treu neben ihm am Sessel.

„Die letzten Jahre war es still, jetzt geht es wieder los. Man hat Angst, glauben Sie mir, auch wenn man hier schon lange lebt. Es gibt den schönen Tod und den, der nicht eintreten darf. Der nicht vom Tod ausgeht, sondern vom Töten, und das ist ein großer Unterschied. Den Tod aufzudrängen, nein, das ist schrecklich. Ihn selbst zu verlangen, zu wollen – etwas ganz und gar anderes. Und dennoch, wenn er kommt, kommt er. Dann ist es geschehen." Adam war erschrocken über die Kraft in Seeligers Worten, als ahne dieser Adams innerste Entscheidungen. War das möglich?

„Der Terror lebt in einer der schönsten Gegenden der Welt, *hier*, wo alles Heilige herrührt und alle Gefühle Gottes entstanden und all seine Stimmungen und Ängste, hier, wo seine Liebe geboren wurde, hier wird sie vernichtet, von beiden Seiten, wie gespenstische Brüder, die einfach nicht begreifen, dass sie *eins* sind. Aber was tun, Adam, was tun? Ich bin am Ende mit meinen Wünschen, ich weiß, dass es nicht gelingen wird. Die Israelis sind zu zynisch, die Palästinenser zu leicht zu provozieren. Und ich, mittendrin, ich alter Mann, der ich in meinem Land leben wollte, für mein Land etwas tun wollte, sitze dazwischen und leide."

„Deutschland hat Sie ebenso verloren, nehme ich an. Ihrem Deutsch nach sind Sie dort aufgewachsen?", fragte Adam.

„Aber ja! Geboren und aufgewachsen in meinem geliebten Dresden, auf dem Weißen Hirsch in der Villa Seeliger!" Daniel strahlte, sein Haupt, nur noch von wenigen Härchen umkränzt, glänzte im warmen Licht der Tischlampe, die neben ihm aufgestellt war. „Süße, stille Kinderjahre, ein glückliches Elternhaus, schöne Klavierstunden, märchenhaft lange Sommer! Alles war wunderbar und nie wollte ich gehen, nie wollte ich diese Kindheit verlassen, nie mein Land, mein *anderes* Land, Deutschland. Aber dann mussten wir. 1938. Ich war ein Knabe, zerbrechlich, ängstlich. Mein Vater, ein stolzer Kerl mit ernstem Blick und voller Geistigkeit und Fülle. Meine Mutter, eine kleine Frau voller Liebe, voller Hingabe, sanft und mädchenhaft, ja, immer schien sie mir so jung, so gläsern. Warten Sie, ich zeig Ihnen ein Bild." Daniel ging zu einem Glasregal, auf dem viele unterschiedliche Rahmen prangten. „Das sind meine Eltern, Leo und Anna Seeliger, meine Mutter aber nannten alle immer nur Nele … ist das nicht charmant?" Er hielt Adam die Photographie hin.

Dieser erkannte unmittelbar den Zauber der Gesichter und die hohe Bürgerlichkeit, das tiefe Herkommen aus Anstand und Geist darin. „Ja, Nele klingt so vertraut, so nah … ja … indem wir die Juden verbannten, verbannten wir einen Teil unserer deutschen Kultur, schickten wir einen Teil von uns fort, vernichteten wir uns *selbst*", sagte Adam leise. „Was war Ihr Vater?"

„Wir waren schon seit jeher Autographenhändler in Dresden. Haben konkurriert mit *Chavaray* in Paris und *Stargardt* in Berlin, mit denen wir übrigens auch das gemeinsame Firmengeburtsjahr, 1830, teilen. Oh … wir besaßen eine sehr, sehr edle Kollektion, und ich rede von der Sammlung meines Vaters und Großvaters, dem festen Kanon, darunter Giganten wie Goethe, Mozart, Nietzsche. Außerdem ein Gedicht Verlaines, Manuskriptseiten von Dostojewskij, ein Brief Heinrich des VIII., eine Notiz von Tizian … oh … und immer so weiter, den Tanz der Schönheit! Und was würden Sie sagen, wenn ich einige der Genannten noch besitze!"

Doch wie, als hätte er nur einen einzigen Namen gehört, fragte Adam vorsichtig: „Sagten Sie eben … *Mozart?*", und sein Herz leuchtete auf, als Daniel Seeliger nickte.

*

„Bleiben Sie sitzen, Adam, bleiben Sie ruhig sitzen, ich bringe die Schriftstücke zu Ihnen!" Seeliger setzte die Brille auf und begann einige gerahmte Autographen von der Wand zu nehmen, die vorher nicht sichtbar waren, kleine Samtvorhänge schützten sie nämlich vor dem Licht. „Sehn Sie doch, Verlaine." Er reichte ihm einen kleinen Silberrahmen. Adam hatte eine Zeile zärtlich gewaltvoller Schrift vor sich, die Signatur in wundersamer Hast, beinahe wie gejagt vom sprachlichen Wortglanz.

Seeliger las vor. „*Rêvons, c'est l'heure* … das heißt, *Lass uns träumen, es ist Zeit* … Ist das nicht ungeheuerlich! Eigentlich aus einem seiner Gedichte, aber hier, hier herausgeschnitten wie ein wundes Wollen. Einzeln. Unschuldig."

„Und hier, Fürst Goethe." Daniel übergab den nächsten Rahmen, ein goldener, etwas größerer. Die leicht trunkenen, schräg aufeilenden, männlich filigranen Buchstaben schwirrten auf dem Papier, als hätte ein majestätisches Insekt sie mit seinen Flügeln gezeichnet.

„Und überall *Tod*", las Daniel leise und seine Stimme drang tief in Adams Seele ein. Das Blatt war leicht gefleckt, fast lag ein nebliger Schimmer über ihnen und war so gegenwärtig, so atmend. Das Datum und die Unterschrift zierten diese Schönheit der Dunkelheit mit ihren zu freien, anmutigen Schleifen gebundenen Worten.

„Ja, er ist eben, wie Nietzsche es sagte, ein *Element*. Von Nietzsche besaßen wir ein ganzes Manuskriptfragment aus dem großartigen *Nachlaß* der *Achtziger Jahre*, ich habe es hier irgendwo von meinem Vater als Erinnerung festgehalten, warten Sie, gleich hab ich es!" Seeliger öffnete ein, zwei Schubfächer und fand sehr bald, wonach er suchte. Er setzte an.

„*Man ist nirgends mehr heimisch, man verlangt zuletzt nach dem zurück, wo man irgendwie heimisch sein kann, weil man dort allein heimisch sein möchte: und das ist die griechische Welt! Aber gerade dorthin sind alle Brücken abgebrochen — ausgenommen die Regenbogen der Begriffe! Und die führen überall hin, in alle Heimaten und ‚Vaterländer‘, die es für Griechen-Seelen gegeben hat! Freilich: man muß sehr leicht, sehr dünn sein, um über diese Brücken zu schreiten! Aber welches Glück liegt schon in diesem Willen zur Geistigkeit, fast zur Geisterhaftigkeit! Wie ferne ist man damit von ‚Druck und Stoß‘, von der mechanischen Tölpelei der Naturwissenschaften, von dem Jahrmarkts-Lärme der ‚modernen Ideen‘! Man will zurück, durch die Kirchenväter zu den Griechen, aus dem Norden nach dem Süden, aus den Formeln zu den Formen, man genießt noch den Ausgang des Altertums, das Christentum, wie einen Zugang zu ihm, wie ein gutes Stück alter Welt selber, wie ein glitzerndes Mosaik antiker Begriffe und antiker Werturteile. Arabesken, Schnörkel, Rokoko scholastischer Abstraktionen — immer noch besser, nämlich feiner und dünner, als die Bauern- und Pöbel-Wirklichkeit des europäischen Nordens, immer noch ein Protest höherer Geistigkeit gegen den Bauernkrieg und Pöbelaufstand, der über den geistigen Geschmack im Norden Europas Herr geworden ist und welcher an dem großen ‚ungeistigen‘ Menschen, an Luther, seinen Anführer hatte …*"

„Das ist wunderschön … was ist damit geschehen, wo ist es jetzt?"

„Ich weiß es nicht. Damals, als wir Deutschland verlassen mussten, konnten wir der Reichsfluchtsteuer entkommen, indem wir, erpresst freilich von den Nazis, diese Handschrift dafür gaben. Der sächsische Gauleiter hatte es wohl als Geschenk für seinen Führer in Betracht gezogen und diesen phantastischen Nietzsche einmal mehr für ihre widerwärtigen Auffassungen verunglimpft! Dabei verstanden die ja nicht einmal den Sinn seiner überlaufenden, überirdischen Fähigkeit, all seine Spiegel, die in diesen Zeilen liegen, die Trauer Nietzsches, seine Feinheit und Seide." Daniel senkte den Kopf und schaute einige Sekunden lang die Schrift des Vaters an, als sähe er Nietzsches Buchstaben dazwischen hervortrommeln, so sehr musste er sie sich als Kind eingeprägt haben.

„Und hier haben wir also Gott selbst." Adam schreckte zusammen, als er diese Worte vernahm. *Mozart … oh Mozart … mein Mozart …*

Seeliger nahm am Klavier Platz und stellte den Rahmen auf die Notenablage. Setzte an. Kurz und kraftvoll, eine fein dröhnende Melodie.

Adam fuhr auf. „*Don Giovanni!*", rief er, fast entsetzt, ja als sähe er ihn vor sich, groß, riesenhaft, ein Fels, Schönheit und Summe aller Schatten, die Nacht selbst. „Hierauf folgt sein Lachen, *Don Giovannis* bebendes Lachen, er … er hat sich zuvor als sein Diener *Leporello* verkleidet und … und die arme *Zerlina* glaubt, den Schläger ihres Verlobten gefunden zu haben, und fesselt ihn, aber *Don Giovanni*, eben nur getarnt als *Leporello*, kann sich losmachen und entkommt, noch bevor sie ihn den anderen vorführen kann! Und … und dieses Lachen … dieses orgelgleiche Lachen, so voller Umfang und Unberechenbarkeit und Übermenschlichkeit, dieses Lachen der Überlegenheit, der schwarzen Freiheit, einer Freiheit, die keine Moral und keinen Weg kennt, nur Begierde, Begierde, Begierde, unwandelbar, immer nur so, wie sie ist – und damit wieder rein und reiner als jedes Kind – ja, bei diesem heftigen Lachen, in dem zugleich doch alle Sterne liegen und auch tiefste Kenntnis der süßesten Geflüster ewiger Wälder … wird mir immer so eisig, eiskalt … und wilder Zauber überall."

Daniel sah über seinen Brillenrand hinweg lange zu Adam hinüber, die Finger noch immer auf den letzten Tasten ruhend. Ohne etwas zu entgegnen, zeigte er in seinen nach Ergebenheit tastenden Blicken, wie berührt, wie sprachlos er war vor der Betroffenheit, der Erschütterung seines Gastes.

Erst nach einiger Zeit wagte er zu sprechen. „Sie sind ein wunderbarer Mensch, Adam. Sie sind ein *wunderbarer* Mensch."

*

Daniel Seeliger brachte seinem Gast etwas zu trinken. „Ist nur ein wenig gepresste Zitrone mit Wasser und ein klein wenig Zucker ist auch drin." Er selbst trank ebenso davon, setzte sich wieder in seinen Sessel und genoss die Kühle, die seinen Gaumen hinabfuhr.

Warum sind die schönsten, lieblichsten und einfachsten Augenblicke im Leben immer so eng an die dunklen, einsamen und schwächenden gedrängt, so eng, so nah, dass unser Atem ermüdet vor Erschöpfung, vor Unbegreiflichkeit?

„Sie schauen auf den *Cardo*, das ist sehr besonders. Gut finde ich, dass Sie sozusagen geradewegs auf die Römer *hinab*schauen, wenn man so will, ein jüdischer Triumph."

„Ja", sagte Daniel, „es sind zwar leider nicht die Römer der Jesuszeit, es sind byzantinische Römer, aber Römer bleibt schließlich Römer, und ja – es ist ein herrliches Gefühl!"

Adam erhob sich, schritt mit Fritz zum Fenster. Das weich in Nacht übergehende Abendlicht umschmiegte sein Gesicht. Der nunmehr verstummte Säulengang zog sich, von den Zeiten gemacht, in Rotorange beleuchtet, über den Pflasterplatz.

„Kommen Sie, gehen wir auf die Terrasse, kommen Sie, mein Freund!" Seeliger griff Adam unter den Arm und zog ihn liebend mit sich. Dieser alte Junge vermochte es, von einer Glückseligkeit und einer Zugewandtheit zu sein, wie Adam es nur von engsten Menschen, seinen Eltern etwa, kannte. Dieses tiefe Vertrauen in einen Menschen, sich ihm mit allem, was man hat, hinzugeben, ihm alles zu bereiten, ihn zu ehren – Adam fühlte, wie heiß die Tränen unter seinen Lidern hervortrieben, endlose, aufstürmende und doch stumme Wellen.

„Gute Luft, warm und alt. Und wir, Könige, wir stehen hier, heute hier, Sie und ich, und wir haben noch nicht *ein* Wort über den *Grund* Ihres Besuches gesprochen!" Seeliger schlug sein Glas an Adams, wie Schätze fielen die Eiswürfel aneinander, wie Blumenkelche hielten sie ihre Getränke, wie Sternensaft tranken sie sie aus und beide schmunzelten, lächelten, lachten vor Verwunderung. „Und sicher können Sie es gar nicht mehr aushalten, endlich wollen Sie *es* sehen, berühren, fühlen … oh … ich weiß es, ich weiß, wie Sie nur noch dafür leben, Adam, ich habe es in Ihren Augen gesehen, Sie haben sich schon verabschiedet von dieser Welt, Sie gehören ihr nicht mehr, und wenn ich jetzt so weiterrede, dann werde ich gewiss weinen müssen." Er stockte, schluckte. „Es ist so schön, dass Sie hier sind, dass Sie *dafür* gekommen sind – wahrlich, Sie haben dieses Geschenk Gottes verdient."

Adams Herz schwebte in seinem Leib, in diesem düstern Universum wie ein verlorener Planet umher, aber in diesen Minuten nicht verloren, sondern gefolgt von einem anderen Planeten. Er hatte bislang nur wenig geredet, und es war auch gar nicht nötig gewesen, denn er lauschte voll Verzückung den Worten dieses plötzlichen Bruders, erstarrt beinah, vor ihrer Gleichheit.

*

„Ich würde Sie in unserer kleinen Wohnung ja gern etwas herumführen, aber ich will Ihr Bein nicht belasten", versicherte Seeliger und sie traten wieder ein, dabei fiel Adams Blick auf eine Photographie.

„Oh das, das sind meine Töchter und ich", rief Daniel. „Elischeba und Nurit. Eli ist die jüngere, dreißig Jahre alt, sie ist Solo-Oboistin bei den Berliner Philharmonikern, gerade verlobt, und Nurit, meine Blume, zweiunddreißig Jahre, ist meine treue Helferin, sie wird einmal die Autographen der Familie übernehmen und das Geschäft weiterführen, auch, wenn es längst nicht mehr das ist, was es einmal war, wie sie immer sagt."

Adam konnte Elischeba deutlich auf dem Bild erkennen, sie hatte ein liebes, ovales Gesicht und dunkelbraunes Haar. Nurit aber, und so war es auch bei den anderen Photographien, auf denen sie zu sehen war, schien dem Blick immer zu entfliehen, entweder man sah ihr Profil, oder das Antlitz eröffnete sich einem mehr von hinten, vom Nacken her gesehen, von dem tiefschwarzen Haar … oder aber sie wandte sich ganz von einem ab, wie eine Herrscherin. Das war geisterhaft, denn Adam hätte auch sie gern ganz betrachten wollen, aber kein Bild schien sie besitzen zu können.

„Nein, nicht möglich, ist das ein Guardi?" Adam hinkte zu dem von schweren Goldmasken umwachten kleinen Gemälde.

„Aber ja, mein Freund, nun, ein Tiepolo war nicht ganz erschwinglich", scherzte Daniel.

„Heilige Mutter Maria! Sie haben doch hoffentlich eine Alarmanlage?", fragte Adam.

„Gewiss, schon allein wegen der Versicherung … Aber sehen Sie doch nur, dies Filigrane so nah am Venezianischen, Spiel und Tod, diese silberne Luft, diese lapislazuliblauen Traumnebel, Menschen streifen vorüber, schwarz und leicht und doch versunken, verlangend." Daniels Blick glänzte. „Schon als Knabe wollt ich immer einen Guardi haben, stundenlang hab ich ihn in Büchern mit den Augen getrunken. Als ich dann selbst in Venedig war und seine Gemälde überall wiederentdeckte, im Jetzt und Heute und damit in der Ewigkeit, da wusste ich – das ist Malerei, die Kunst und Form und Zeit verlässt und immer, immer, immer atmet und lebt!"

„Und was für Masken!" Adam bestaunte die Wunderwerke mit ihren fülligen, fast geschlechtlich anmutenden Pulcinellennasen, den gefahrvollen Augenschlitzen.

„Ja, das sind wahrlich Seltenheiten, mein venezianischer Freund Adriano Miani macht sie, übrigens ein bedeutender Mann dort. Ich kenne ihn schon so lange ... so lange.

Vergoldermeister und Restaurator, wie Sie und ich ein Tiepolo-Liebhaber, Nurit wollte er einmal zeichnen, wegen ihrer Tiepolo-Augen, und sein von ihm abgöttisch geliebter und bildschöner Sohn heißt übrigens liebevoll Giambattista ... In Adrianos Werkstatt hängen solche Masken auch überall von den Wänden herab, ungeordnet, berauschend.

Vor zwei Jahren besuchte ich ihn in seinem Laden nahe San Tomà. Mittags ging ich zu ihm, er war natürlich nicht da, echte Venezianer sind mittags nie im Geschäft oder draußen. Ich setzte mich an einen kühlen Schattenplatz bei einem kleinen Brunnen, bei mir eine Honigmelone als Geschenk, und wartete also. Am frühen Nachmittag kam er. Hastig, wie Venezianer, diese Ureinwohner der Schönheit, eben gehen, schnell und nachdenklich. Da sah er mich, konnte es nicht glauben, fasste sich an die Stirn, Tränen schossen uns in die Augen, wir fielen uns in die Arme, lachten – weinten, ich weiß es nicht mehr. Ich spreche nur ein wenig Italienisch, es reicht für einige Seelenworte. Adriano spricht nicht ein einziges Wort einer anderen Sprache. Und doch hat er immer wieder in seinem Leben das Angebot bekommen, in anderen Städten, manchmal Metropolen, zu arbeiten. Er hat Venedig *nie* verlassen, können Sie sich das vorstellen? Nie! Er ist kein Italiener, wissen Sie, er ist *Venezianer*, ein dunkler Engel, voller Liebe und Kultur und voller Einsicht.

An jenem Nachmittag arbeitete er ein wenig, vergoldete die Weste eines schmollenden Mohren, während ich ihm zusah. Doch immer wieder legte er Spachtel und Pinsel nieder und war so glücklich über meinen Besuch. Bestimmt drei Mal zog er mich mit sich zum Espressotrinken.

Dann wieder zurück in seinen kleinen Laden. Dahinter liegt ein Gärtchen, still ist's da.

Danielle, rief er, *vieni!* Und dann zeigte er mir seinen geliebten Blick auf den Rasen und auf die Tauben.

Dann hatten wir Hunger, ich holte mein Geschenk, die Melone hervor, er lachte. Aber weil wir kein Messer bei uns hatten, nahm Adriano eines seiner Werkzeuge zur Hand, ein scharfes, anmutiges Werkzeug. Er schnitt die Frucht auf und verzog das Gesicht, weil sie nicht schmeckte und weil seine Zähne schmerzten. Ich aber aß, denn es war heiß und ich hatte noch nichts außer Kaffee zu mir genommen. Plötzlich rief er: *Non é possibile!* Denn jenes anmutige, scharfe Werkzeug, das er zum Aufschneiden benutzt hatte, war nicht irgendein Werkzeug. Damit hatte er Jahre zuvor den Engel des Glockenturms vergoldet! Er wurde bislang nur drei Mal herabgeholt, nur drei Mal, Adriano war der dritte Vergolder. Und als der Engel wieder zu neuem Strahlen gekommen war und man ihn wieder hinaufführte, damit er erneut über der Stadt thronte, setzte Adriano die letzten Akzente – allein, da oben, nur mit einer Unterhose bekleidet, denn es war zu warm, halbnackt, über Venedig, mit einem in Gold geoffenbarten Wesen der Himmelskunst!"

Adam legte die Hand aufs Herz. Es schlug zu sehr, zu schnell.

„Adam, nicht doch, habe ich Sie erschöpft? Kommen Sie, setzen wir uns wieder, kommen Sie." Daniel half ihm in den Sessel. „Hier, nehmen Sie noch einen Schluck kalte Limonade, bitte, nehmen Sie nur, die wird Ihnen gut tun."

Daniel setzte sich, dachte nach.

„Ja ... Das war mein letzter Venedigaufenthalt. Ich war mit Nurit dort. Bevor ich zu Adriano ging, war ich mit ihr in *San Rocco*. Ich sagte Adriano, Adriano, ich komme gerade von *San Rocco*. Er aber riss die sonst so schwärmerischen, zarten Augen auf, drückte entsetzt, ja voll von Schrecken seine von Farbe und Blattgold besprenkelte Hand auf meinen Mund und

ein Schauer der Heiligkeit, der Furcht vor der Schönheits-
gewalt, vor der Bluts- und Finsterniskenntnis, vor den funkelnd dunklen Gebärden Tintorettos durchfuhr ihn: *Non parlare di questo! Assolutamente, non ne parlare! Sprich nicht davon, sprich
nicht davon,* flehte er flüsternd und flehte, als ginge es um sein
Leben!"

* * *

„Warum die Kirche, Adam?" Daniel reichte ihm getrocknete
Trauben und Nüsse.

Adam, in seinem leuchtend dunkelblauen Anzug, dem
hellblauen Hemd, den leicht geschlossenen Augen, diesem
kraftvollen Antlitz und Körper, der Versehrtheit, die, verborgen, unter der Seide lag und die ganze Trauer seines Lebens in
sich barg, sagte lange nichts, versank in unheimliche Stille.
Dann, wie nach einem lang gefühlten und doch noch nicht
angenommenen Leben, seufzte er. „Ach Daniel … ich habe
schon so viel, so so so viel Dummheit erlebt. So viel Härte. So
viel unendliche Seelenlosigkeit, Anmaßung und Behauptung.
So viel Zwergenherrschaft, so viel Falschheit und Kleinheit, so
viel Niedergang, so viel menschliche Hässlichkeit. Für jemanden, der aus einer so herzlichen, üppigen, geliebten und wiederum liebenden Familie kommt, der an Liebe gewohnt ist, ist
diese Welt da draußen wie eine Hinrichtung.

Der Glaube als tiefste Unschuld und damit *Sieg* der Innerlichkeit hat mich gepackt. Schon sehr früh, es gibt keinen Anfang, er war immer in mir. Ich wollte den Glauben, wollte in
ihm verloren gehen und ihn lieben und Göttlichkeit begreifen,
Göttlichkeit erkennen.

Die katholische Kultur, die mir diesen Glauben allmählich
mit den reizvollsten, sanftesten, aber auch stürmischsten Stei-
gerungen überspannte, war für mich der unmittelbare Weg in
dieses Juwel des Herzens, Gott. Und was ist nun Gott? Er ist
das Immergefühl in uns, das Ständigglück – und Unglück, das

Ewigbangen. Und dieses zu besingen, zu feiern, zu beklagen und zu lieben, ist Heiligkeit, ist Glaube.

Die Katholische Kirche ist für mich wie ein Club der Seelenvollen, der Erkennenden. Eine Einheit von Einsichtigen, zur Liebe Begabten. Bei denen allen derselbe Grund das Glaubensbeben auslöst, *Erleuchtung innerlich*.

Aber sehen Sie, ich rede von den wirklich *hohen* Gläubigen und nicht von denen, die mit Schmutz und Lüge unter ihren kostbaren Priestergewändern durch Heiligkeit zu wandeln wagen, ich meine nicht die kleinmütige Beichtmoral der Wahrheitslosen, in denen Gott nur verdirbt und zu faulen beginnt. Nein, ich spreche hier von der gewaltigen Festlichkeit der Katholischen Kirche, diesem … diesem dienenden Thron, der einzig dafür thront, um … um … die Geheimnisse unseres Seins zu erhalten und mit solchem Schaffen zu überwerfen, in denen Gott dann auf das Sichtbarste und … Fühlbarste aufgenommen werden kann!" Adam nahm einen Schluck zu sich, er musste seine Lippen löschen, denn es war ihm, als spräche er Feuer.

„Dass das freilich nicht nur Anliegen der Katholischen Kirche ist, sondern auch des wunderbaren Islam und des großen Anfangs, des Judentums, das muss ich Ihnen gegenüber ja nicht erwähnen. Aber schließlich konnte und wollte und würde ich niemals, niemals konvertieren oder einer anderen Kultur beitreten. Denn das hieße doch, ich hätte meine *eigene* nicht verinnerlicht und … und also blieben mir auch die flüsternden Rätsel der anderen beiden Religionen stets verschlossen. Nein, man ändert seine Kultur nicht. Und darum habe ich mich selbst in meiner *eigenen* Kultur gesteigert, für mich selbst, für mein Gefühl, für meine eigene Stimmung, denn was man selbst nicht feiert, kann nicht zur Erkenntnis führen. Und was ist nun Erkenntnis? Es ist … es ist das Glühen in uns, wenn wir fühlen, *wie die Seele nickt*."

„Adam, ich … ich … weiß jetzt, warum Ihr *Mozart der Theologie* Sie in seine Nähe holte, warum er Sie zu sich nach

Rom und in den Vatikan rief … ich weiß es nun. Sie sind doch auf eine Weise wie der *allererste* Mensch, der alles weiß, alles fühlt und darum alles bekommt, das Paradies der Erleuchtung. Aber sind Sie heute, in unseren grausigen Zeiten, nicht vielleicht auch der *letzte* Mensch und damit dann wieder der *erste*, denn so ist es doch erdacht; aus Ihrer Seite fließt dann wieder die ganze Schöpfung neu heraus, in kristallenem Wasser!" Daniel legte das Gesicht in die Hände und weinte mit einem Mal. „Bitte verzeihen Sie, mein Freund, ich bin so glücklich und traurig zur selben Zeit. Was hören meine Ohren, was, was sehen meine Augen? Sie sehen den letzten und ersten Menschen, sie sehen Gott und die Liebe und so viel Kraft der Wahrheit und das alles … das alles geschieht hier in meiner kleinen Wohnung in Jerusalem." Er hob wieder den Kopf mit dem federweich gewordenen Haar, den in Geistigkeit eingefallenen Wangen und dem kleinen zitternden Mund. „Ein Attentat auf Sie erscheint mir immer mehr wie ein Attentat auf ebendiesen ersten, letzten, ewigen Menschen *Adam*, auf die Menschheit selbst, auf die Menschlichkeit, auf die Schöpfung, auf Gott. Ja, es ist ein Attentat auf *Adam*."

Adam fuhr glücklich bedrückt fort. „Selten habe ich so seelengebildete Menschen wie Sie vor mir, Daniel." Adam sah ihn voll Berührtsein an. „Ebendas hat Joseph in seiner leuchtenden *Einführung ins Christentum* so wunderbar anhand von Jesus erzählt. In *Johannes* heißt es dazu, *einer von den Soldaten stieß mit der Lanze in seine Seite, und sogleich kam Blut und Wasser heraus*. Aber damit wird Jesus zu Adam! Seine Wände des Seins sind nun ganz offen, er ist nun ganz und gar Übergang. Aus dieser offenen Seite wird das Schöpfungsgeheimnis wiederholt, wird Jesus zum neuen Adam, aus dessen Seite wieder aller Anfang herausfließt, einer ganzen Menschheit neues Licht bringt. Erst am Kreuz wurde er ganz Sohn, also das große Für, für die Menschen, für die Liebe, für die Vollbringung der Erlösung. Erst als Offener, ja Durchbohrter – schenkt er die große Vergebung. Und es ist eben nicht bloß eine blöde Rippe, aus der Eva gezogen und zur weiblichen Hälfte des großen Ganzen geformt wird, sondern die *Seite* Adams, also aus dem Geheimnis selbst, aus der ewigen Wunde wird sie entnommen, die alles erst anschlägt, wie der Urton, und die auf ewig das Verbindende, Gemeinsame der beiden ist! Würden die Menschen genauer lesen und verstehen, würden sie begreifen, was für ein Wunder der Frau damit zukommt – Eva, als Anführerin der Menschen!"

Plötzlich schloss jemand die Wohnungstür auf. Adam und Daniel lauschten auf.

Es war Milla Seeliger.

„Milla! Du bist schon zurück? Ach, was red ich, ich muss euch einander vorstellen! Adam, das ist meine Frau, *Milla*. Milla, das ist … das ist … ist … mein *bester* Freund."

„Ja … Herr Tessdorff … wirr sind sehrr glücklich, dass Sie leben!", und sofort hörte man das von Daniel bereits beschriebene charmant harte R aus ihrem Ton heraus und ihre langen Mandelaugen verwandelten sich beim strahlenden Lachen in schmale Blüten, immer im Tau.

Adam verneigte sich leicht, schmunzelte. Er sah eine sehr schöne Frau vor sich, mittelgroß, mit edlen Wangen, hellbraun gefärbtem Haar, kastanienfarbenem Lippenstift und menschlich edler Herkunft. In ihr lag kein leeres Herkommen, sondern die zauberhafte Höhe anmutig ernster, ja fast trauriger Vorfahren.

Schüchtern wich sie. „Ich würrde gerrne kochen für Sie, Herr Tessdorff, sehrr gerrne!"

„Oh ja, ausgezeichnet, wir verhungern schon!", rief Daniel und alles, alles an ihm war Zartheit.

*

„Mein erstes Glaubenserlebnis, als ich zum ersten Mal fühlte, dass Gott der *Grund* für das sein muss, was sich vor mir ereignet – das war 1963 in Madrid, mit meinem Vater in der Arena von *Las Ventas*."

„Der Stierkampf."

„Ja …", fuhr Adam berauscht fort, „ich war erst sieben Jahre und schon geschah Kultur, Menschenkultur, unmittelbar vor meinen Augen, verwandelte sich in mythischste Bilder … die mir Gott *bewiesen*. Mit welcher Verehrung der Matador vom Publikum empfangen wird, was … was für ein heiliges Rufen durch die Reihen stürmt und wie er *beginnt*, ja mit welch einer gestreckten Unerschrockenheit er seinen vollkommenen, unversehrten Leib offenbart, wie er ihn dem Tod ausstellt, den Tod reizt – in all diesem grell spanischen Rokoko, den Perlen und Knöpfen und Stickereien! Ich hielt mich auf meinem Platz, meine Beinchen zitterten, ich bekam Fieber. Ich konnte diese Schönheitsgier nie mehr stillen, ich wollte sterben, so *göttlich* war es anzuschauen.

Diese geschmeidigen Entweichungen, das Hin und Her des Beckens, das seidene Hinwegstreichen des Purpurs über die scharfen Hörner des Stiers, das Verkündigen des Übermuts, das sinnliche Erlegen und der anschließende in zart heftigen Posen verharrende Triumph! Und ich begriff, der Mensch ist nicht Gottes Untertan, ist nicht sein herrlicher Sklave – sondern seine Gestalt, seine Verkörperung, sein Träger. Göttlichkeit würden wir immer nur durch Menschen hindurch bemerken, Gott fiele uns nicht durch Gott, sondern durch die Wiedergebenden der Seele auf.

Da saß ich also, erlitt … süßeste Qualen, ging unter vor Bewunderung! Das Ritual des Lebens, die Feier des Todes – was war das für ein Rausch der Phantasie! Kein Hass auf den Tribünen, keine Beleidigungen, keine Erniedrigungen. Fortan war der Stierkampf für mich *Glauben selbst*, war *Mensch – Glaube – Gott*, und zwar nicht in falscher Enthaltung, denn es gibt auch ein wahres Enthalten, ein schönes Verzichten, ein großes Ausschließen, wobei dies alles ja gar keine Mühe des Verzichtens kostet, da man weiß, was die Seele und das Leben eben *nicht* brauchen – sondern in der ganzen blendenden Verführung, Lebensverführung, die Verführung des Geistes, der Augen, des Blutes. Das war getanzter Gott, getanzte Göttlichkeit."

„Bei Gott, Adam!"

Eine Weile sagte keiner ein Wort.

„Übrigens war mein Vater Tischler. Aber nur zum eigenen Gefallen. Hat filigrane Stühle und Tischchen gearbeitet, war der Welt ganz abgewandt. Wissen Sie, mein Großvater war ein tüchtiger Jurist und hatte zudem dank seiner Kunstsammlung für mehrere Generationen ausgesorgt. Sowohl mein Vater wie auch ich haben Bilder verkauft. Moderne berührte uns eben nie sonderlich, ich glaube, mein Großvater hatte sie auch nur aus seinem Fortschrittsglauben heraus erworben, um Geschmack ging es da nicht, Fortschritt war der neue Geschmack. Ha, lächerlich, nicht? Dabei sage ich immer, was man nicht *fühlt*, kann auch nicht weit reichen. Und Sie haben ja gewiss von dem großen Kunstfälscherskandal gehört, von der vorgetäuschten Sammlung und all den Bildern, die es nie gab. Das lässt einen nicht ohne eine gewisse Faszination zurück … Was mich dabei am meisten erfreut, ist die Lehre. Die Moderne, das, wofür der Mensch ja unbedingt zum *neuen* Menschen werden musste, und das, wofür er seine Juwelen der Zeitlosigkeit vernichtete und belächelte, ebendiese Moderne mit all ihren Folterkammern wurde ihnen allen zum Verhängnis.

Nun, zu den Menschen konnte ich mit meinem Inneren und über mein Inneres so nie sprechen, weil die Menschen in der westlichen Welt irgendwann aufgehört haben, im Auge zu behalten, wofür sie das alles tun, was sie tun. Plötzlich folgten sie nur noch den Formen, den Errungenschaften der Freiheit – aber ohne sie wirklich zu erfüllen. Aufklärung und Demokratie waren und sind ihnen die Gipfelspitze alles je Erreichten und sie drängen sie der ganzen Welt auf, mittlerweile auf eine Weise, die nicht mehr europäisch genau, sondern nur noch die bestehenden Wahrheiten übergehend ist, ungefühlt lassen sie die Dinge in die Welt. Ihr größter Irrtum ist, dass sie glauben, es gäbe so viele Wahrheiten, wie es Menschen gibt. Dabei geben sie den Menschen in seiner einzigen Wahrheit ständig preis. Es gibt nur *eine* glühende Wahrheit, das ist die Liebe, die erst zu Leben und Glück und all ihren blühenden Ordnungen führt. Und Daniel, ich rede von *Liebe,* und ich muss diesem Wort nicht ‚wahrhaft‘ oder ‚wirklich‘ voranstellen, weil *Liebe* eben Liebe *ist.* Und Liebe *will* Bindung. Und Liebe *will* Ewigkeit. Vor allem aber will sie Reinheit.

Die Menschen werden dann immer rotgesichtig und ... und hysterisch, sobald man so zu ihnen spricht. Sie halten einen für irrsinnig und seltsam. Sie schauen einen aus einem Gemisch der ... der Ängstlichkeit und der Unbegreiflichkeit heraus an, *ja war denn jetzt alles umsonst,* fragen sie sich. Schütteln den Kopf, brabbeln geschwind ihre auswendig gelernten Thesen der Vernunft in sich hinein, ihre Art der Teufelsabwehr, drehen sich um und gehen schnell zurück in ihre Freiheit.“

„Ja, vor allem ist es diese *mechanische Freiheit,* die mich etwas verwundert, man weiß zwar allmählich nicht mehr, wofür und mit wem, aber man führt sie immer weiter blind aus, wie einen Vorgang, den man nicht abbrechen darf, wie ein Elixier, das alle trinken müssen, ohne auch nur daran zu denken, dass Freiheit nicht nur durch Kant ihre Geltung hat, sondern manchmal auch etwas frei ist, obwohl es unfrei wirkt. Aber der Westen will alle befreien, alle! Und wenn man sie an einem schwachen Punkt trifft, berufen sie sich augenblicklich auf die Menschenwürde und vergessen, dass sie selbst durch die Art, wie sie sich im Leben einrichten – nämlich ohne ... ohne Tiefe, ohne Ewigkeit, ohne Ausschluss von Beliebigkeit –, längst ihre Würde als Mensch abgelegt, längst alles übertreten haben und sich doch längst alles auflöst“, fügte Daniel hinzu.

„So ist es. Auch ich habe oft erlebt, wie jemand Begriffe wie *Würde* und *Freiheit* einfach in den Raum hineinruft, aber eben nur als Wortfetzen, er kann sie vor sich nicht definieren. Die Menschen vergessen, dass wahre Freiheit erst durch Bindung entstehen kann. Aber Daniel, ach, die Menschen sind so klein, so unfähig zum Erkennen ... ich bin es so unendlich leid.“

„Es ist hart, wenn man einer von ganz, ganz wenigen ist, die solche goldenen Gestirne über sich schweben haben, ich kann es Ihnen nachfühlen, wir schwer und einsam das sein muss, Adam."

„Es ist fürchterlich. Ich habe immer darunter gelitten, dass es keinen gab, der auf meiner Höhe fühlte, dachte, wusste. So viel Widersinn, so viel Seelenzerstörung im Namen der Freiheit und Befreiung, so viel läppische Meinungsnot im Namen der Pluralität, so viel Mittelmaß als Höhe", jetzt sah Adam mit nass leuchtenden, den immer halb geschlossenen Augen auf, „so viel Leere.

Und diejenigen, die wenigsten der wenigen, die menschlich Vornehmen, die meiner Ansicht waren und sind, können nicht *vollends* auf mein Schiff steigen. Irgendetwas, vielleicht zu wenig Mut, hindert sie daran. Sie sagen, *Adam, ist es denn wirklich so schlimm?* Und ich sage, *ja, ja, ja!* Alle wollen diese Werte um jeden Preis, aber sie können diese Werte nicht mehr vor sich formulieren und bestimmen. Sie wissen nicht, wo sie beginnen, sie wissen nicht, wo sie enden. Alles ist jederzeit möglich und gut so. Das ist erbärmlich, nicht auszuhalten für mich. Und darum", erklärte er und wischte sich die Tränen von den Wangen, „darum fand ich zum Glauben und schließlich in die Katholische Kirche. Dort herrscht ein so … so *selbstverständliches Verständnis*, ich bin in Rom einem großen Teil von Seelenherrschern begegnet. Es gibt natürlich auch Bischöfe, die eher Spaßvögeln gleichen, Pfarrer mit aufgedunsenen Gesichtern und ungeklärten, lächerlichen Predigten, heimtückische und den Glauben hintergehende Priester, doch die befinden sich meist nicht in Rom. Die Engelsämter im Vatikan, und dort war ich ja auch die meiste Zeit über, waren von liebenden Geschöpfen bekleidet. Vielleicht befand ich mich dort ja auch im Blumensaft schlechthin, im echten Sirup dessen, was der Weg dieser Kirche ist. Rom ist … wie soll ich sagen, Sinn selbst, voller Sinnlichkeit und Schönheit und Sturm. Wer dort nicht glaubt, wo dann?"

„Wie dunkel ist der Vatikan? Gibt es Machenschaften? Intrigen?"

Aus der Küche her vernahm man Schüsseln und Besteck.

„Nun, mein Freund, da fragen Sie nach etwas sehr Ausgreifendem. Selbstverständlich gibt es das alles. Gerade dort. Gerade an einem solchen Ort, der mit der Zeit selbst, der mit allen Menschlichkeiten angereichert ist. Aber sehen Sie, es ist so – wenn ich mich für die Katholische Kirche und im Besonderen für den Vatikan entscheide, als Arbeitsplatz, als Lebens- und Glaubenshort, dann gehört die Begegnung mit Helligkeiten und Finsternissen dazu. Sich in dem Wissen zu wiegen, dass auch grausamer Hass und Missgunst in den Prachthallen des Glaubens liegen können, versteckt und lauernd, das ist dann keine große Überraschung mehr und so sollte man dann auch nicht künstlich tun. Man weiß das schon. Man weiß es.

Göttliche Begabungen etwa sind und bleiben ein Mysterium unerforschbarer Unbegreiflichkeit. Warum sind die wenigsten Menschen wirklich … wirklich *begabt* im Sinne von gottmenschlichem Wissen um die Wahrheiten der Poesie, Malerei oder aber dem Geheimnis Gottes selbst? Warum sind diese Hochmenschen so unerreichbar, so unerrechenbar, so viel näher in Gottes Nähe?

Und Gott kann eben nicht an seinem eigenen Werk, wie soll ich sagen, *teilnehmen*. Er flößt sie auserwählten Menschen ein, die dann wie um sich selbst schweben, niemals … niemals erlöschen und die bewundert und verabscheut werden, man versucht sie gleichzusetzen mit dem großen Mittelmaß, vernichtet alle Stufen, alle sollen in einem großen Nebeneinander nebeneinander verharren, keiner soll herausfallen, sondern der Klang, die Farbe der Mittelmäßigkeit soll für alle die einzige Stufe, die einzige Form der Äußerung sein.

Gott aber reiht sich nicht ein …

Joseph, mein *Mozart der Theologie*, sagt, die einen sind da, um zu verkünden, die anderen, um dem zu lauschen. Und manchmal ist das Bekunden des Nichtwissens wahres Wissen. Aber in dieser Zeit und Welt will jeder ran. Jeder will alles. Frauen wollen Männer sein, Journalisten Dichter und Unbedeutende wollen bedeutend sein. Alle eigentlich absoluten Werte werden zu möglichen, zu demokratisierten Werten, die jederzeit auch aufkündbar, veränderbar, austauschbar sind.

Und Liebe, das Einzige, was wir haben, das einzige *Immer* – selbst dahin reicht ihre Anmaßung, selbst die Liebe verneinen sie, stellen sie in Frage, bezweifeln sie und sagen, Liebe sei nicht ewig.

Keiner weiß mehr vor sich, was er will. Wonach sein Herz sucht. Was sein Leben schützt. Sie … sie verschlingen sich gegenseitig. Fressen sich auf. Was bleibt, ist große innere Zerstörung. Und die, die eigentlich Könige ihres Innern sind, dürfen es, wollen es nicht mehr zeigen. Dürfen nicht, wollen nicht herrschen."

Daniel wusste, dass Adam mehr wusste. Darum verweilte er ganz im Fragen.

„Ist Ihr *theologischer Mozart* sehr begabt?"

„Und wie! Ein richtiger Gelehrter. Er kommt aus einer einfachen, aber sehr tiefen Familie. Seine Mutter, Maria, behütete ihre drei Kinder, von denen er der jüngste ist, in sorgenvoller, süddeutscher Wärme. Sie war eine majestätische Köchin. Auf Photos sieht man eine wunderschöne, kokette Frau mit vollem Haar. Und sie war überaus bewandert im Heiligen. Diese Wärme hat er von ihr, so wie er den Verstand vom Vater übernommen hat. Beides lässt ihn außergewöhnliche Gedankenkathedralen errichten. Er beginnt, führt fort und irgendwann … irgendwann tanzt er dann mit Gott! Alles wird zur Antwort. Alles wird groß. Er verleiht dem Glauben einen Zauber des Würdevollen, Beständigen, Ernsten und dann wieder so poetisch Verspielten.

Nicht umsonst ist er eben der Mozart des Glaubens. Und *Mozart* ist doch nur ein anderes Wort für allerunerschöpflichste Begabung, die deshalb auch keine Begabung mehr ist, sondern noch Milliarden Mal mehr Blut und Wesen!

Joseph selbst würde all das übrigens demütig zurückweisen, würde mich zurückrufen. Er ist viel zu bescheiden, wissen Sie, er liebt Mozart viel zu sehr, als dass er sich mit ihm vergleichen ließe."

„Adam, ich … ich komme mir sehr gering vor. Ich rufe Sie hierher, weiß nur um einen Hauch Ihrer Persönlichkeit und erfahre im Nu alles, was eine Innerlichkeit nur erfahren kann. Dann werden Sie auch noch verletzt, werden verwundet … hinken. Mir bricht es das Herz, dass ein so starker Mann wie Sie nun auf einen Stock angewiesen ist, und ich muss mich immer wieder bei Ihnen entschuldigen, dass meine, unser aller Heimat Sie so empfängt."

„Ach Daniel … wenn Sie wüssten. Ich bin doch nur gekommen, um zu sterben."

*

Milla kam ins Wohnzimmer, sie trug eine weiße Schürze über ihren Sachen. „Herr Tessdorff, wirr sind sehrr sehrr glücklich, Sie hierr bei uns zu haben! Aberr Ihrr Bein … was kann ich tun?"

„Meine Liebe, nichts, gar nichts. Ich bin … mir geht es prächtig. Ihr Mann ist ein lang erwarteter Engel. Und Sie, machen Sie sich nur keine Sorgen, es ist alles gut!"

Sie schenkte ihm noch Wasser ein, versicherte, dass das Essen bald bereitet sei und hoffentlich köstlich genug für einen Mann wie ihn. Ihre Bewegungen waren geschmeidig, ihre gebräunte Haut immer schimmernd. Und ihre Hände dufteten nach Datteln …

*

„Was genau sind Ihre Gefühle für den Islam?"

Adam drückte sich ein wenig das Knie. Schaute von seinem Platz aus zum Fenster in die Nacht hinein. „Ich wurde schwer unglücklich, als der 11. September das Antlitz dieses Glaubens beschmutzte. Was geschieht hier, dachte ich verzweifelt! Diese Religion hat es angesichts westlicher Fortschrittsmodelle, wenn Sie mich fragen, nur Fort*schrott*smodelle, die eben nur aus aufklärerischer Sicht kommen, ohnehin nicht leicht, mit ihren so leidenschaftlichen Gesetzen der Seele, die sich doch so keinem Modell anpassen wollen. All die Vorwürfe gegen die islamische Welt, die dann nicht lange auf sich warten ließen, all die Hetze, die Verdüsterung Mohammeds – das hat mein Mitgefühl geweckt.

Die Muslime, die ich kenne, sind sehr sanfte Menschen. Der Orient eine so strahlende, so launische Schwester des Okzident. Wir gehören zusammen, dachte ich immer. Aber wir müssen auch vorsichtig sein, dachte ich, wir dürfen nicht immer allen unsere Gemeinschaftsgebilde aufzwingen, uns nicht immer in … in sehr temperamentvolle Länder einmischen, den guten Willen nimmt man uns dann nämlich irgendwann nicht mehr ab. Und so kam es auch. Der Westen hat das Wesen der islamischen Welt verletzt und sich dennoch ihrer Reichtümer bedient. Wir kommen immer nur als … als Eroberer, als Besserwisser. Warum? Warum tun wir das? Warum erlauben wir uns das? Wir sind nicht mehr so naiv wie einst. Erst jetzt kommt allmählich Erkenntnis auf, dass unsere Kriegsgänge wohl doch etwas voreilig und ignorant waren und mangelndes Verständnis über die andere, fremde Mentalität uns am Triumph hindert.

Manchmal … manchmal wünschte ich, es würden sich diejenigen zu Wort melden, die ich eben meine und die ich kenne und die es ja überall gibt – weltläufige Muslime, die in ihrer Kultur leben und lieben, aber die auch unser Europa verehren und in diesem Geist ganz einfach wunderbare Menschen sind. Es ist wohl orientalische Faulheit, die sie zurückhält und es lieber westlichen Informatikern der Bildung und Kultur überlässt, die dann ihr Halbwissen über den Orient in ihren Romanen kundtun und glauben, allein durch westliche

Sicht die Sache zu lösen, und die wirklich immer noch davon überzeugt sind, diese beiden Welten seien gleich. Wie gesagt, wir gehören zusammen, aber gleich sind wir nicht, wohl aber *gleichrangig.*

Warum sprechen die wissenden Muslime nicht deutlicher zur Welt? Erklären den Unterschied zwischen Glaube und Fanatismus? Es gäbe da so schillernde Dichter, edle Imame und wunderbare Frauen – *deren* Islam eben kein gefürchtetes Gesetz, sondern eine vollkommene Haltung ihrer Innerlichkeit ist, Gewohnheit ist. Liebe ist. Gerade, weich und süß und voller Hingabe und voller Dankbarkeit und voller Stolz. Wenn wir ihren Stolz aber als Gefahr, ihre Weichheit als Schwäche nehmen, wie sind wir dann eigentlich *selbst* verfasst? Wo führt unsere Vernunft hin, wenn sie nichts mehr fühlt?

Ich meine … ich meine, die orientalische Frau lässt sich doch von einer Simone de Beauvoir nicht die *Weiblichkeit* erklären! Sie lässt sich doch nicht von einer ‚Frau' befreien, die nur aus seelischen Trümmern bestand, die sich selbst verachtete und öffentlich auf den Straßen von Paris zur Abtreibung aufrief. In der westlichen Menschheit aber ist sie so eine Art Prophetin.

Die muslimische Frau leidet auch und erst recht an vielem, birgt auch viel Traurigkeit und Verzagen unter ihrem Herzen, aber sie würde nie Mutterschaft, Weiblichkeit und Aufopferung dafür preisgeben und stattdessen nach einer *anderen* Erfüllung suchen, die sie nur verzehrt und aushöhlt.

Wenn Frauen nicht ganz *Hingabe* sind, was dann? Wenn Frauen uns nicht das *Lieben* lehren, wer dann? Wenn sie nicht mehr das Geheimnis der Existenz in sich tragen wollen, was ist dann ihr Sinn?

Der Orient mag seine Frauen verschleiern und wir mögen das nicht gutheißen, aber warum … warum ist eine verschleierte Marokkanerin in ihrer Weiblichkeit *mehr* Geheimnis als eine westliche Frau in Jeans? Nun, das sind *meine* nackten Wahrheiten.

Wir … wir kommen immer nur mit uns selbst, mit unseren … unseren großen Krisen und wollen alle segnen, mit
unserer Freiheit, und nüchtern doch nur alles aus und wollen
eine Welt, die so ist wie wir. Aufklärung und Demokratie,
Schulbau und Emanzipation gehen für den Westen über *alles*
– aber so denken und fühlen nicht alle Menschen auf der Welt
und sind doch *ganze* Menschen. Sie fragen sich, ist das eure
Freiheit? Halbnackte Frauen auf Riesenreklamen, Discounter-
fleisch, Boulevardmedien und kranke Abschlachtfilme, Patch-
work und Gendermainstreaming? Ist das eure Wahrheit, fragen
sie?

Ja, gewiss, die Aufklärung hatte etwas Gutes im Sinn, aber
sie hat uns auch irgendwie ins Unheil gerissen. Seit mehr als
zweihundert Jahren befindet der Westen sich in diesem Kampf
mit sich selbst. Die Menschen haben mehr und mehr all ihre
Bindungen aufgelöst, haben Angst vor sich selbst, vor einander.
Die Aufklärung, diese Krise an sich, wollte den Menschen ret-
ten und hat ihn doch im Stich, hat ihn doch allein gelassen.
Tja, wer würde uns glauben, würden wir sagen, die Aufklärung ist immer nur ein Nur … Liebe aber *alles*. Tragisch, wir
Westler, wie wir in unserer universellen Gut-Mensch-Moral
doch im Grunde … nur *zerstören*."

„Ist nicht auch der ganze verfluchte Streit um Mozarts
Requiem entfacht vom Geiste der Aufklärung?" Daniels Augen
schweiften klug ins Ferne.

„Ja doch, ja! Man will, nachdem man Gott die Schöpfung
aberkannt hat, nun auch Mozart seinen Schwanengesang nehmen. Dabei gibt es Briefe, die Maximilian Stadlers etwa, die
bezeugen und beteuern, dass Mozart alle Hauptteile *selbst* kom-
poniert, aber eben, aufgrund seines allzu geschwächten, sterbenden Zustands, Schüler heranzog, mit denen er dann alles
mehrmals *durchsang*! Wie oft habe ich diese Briefe eingesehen,
wenn ich nach Wien fuhr. Außerdem ist es doch wahrhaftige
Wahrheit, dass ein paar Noten von ihm schon genügten, um
eine ganze Galaxie an Folgeklängen zu verursachen."

Daniel grinste. „Ach, der Kant, der hat doch auch bekanntlich sein Schlafzimmer nie gelüftet!"

Adam lachte, lachte laut und schön.

Und allzu leise fiel Regen auf die Stadt und noch leiser die Tränen.

* * *

„Ja … Ihr … Ihr Text in der *Neuen Zürcher* war, wie soll ich sagen, der Auslöser für das Ganze."

Adam richtete sich auf, saß plötzlich kerzengerade da und eine verzauberte Versteinerung legte sich über ihn. Seine Hand hielt den guten Fritz fest umfasst und sein Herz flog wild in ihm herum.

„Jemand, den Sie sehr verehren … hat mir gesagt, Sie seien der Richtige dafür", eröffnete Daniel.

„Jemand, den ich sehr verehre? Wer?"

Daniel stand auf, strich sich glücklich und unruhig, beinah leidend die Brust, als wisse er noch nicht recht fortzufahren. „Ich … ich habe *es* im Schlafzimmer … ich … hole es."

Adam verlor die Ruhe, er wusste – nun war alles gelebt, nun war alles vollendet, endlich würde er *es* sehen, zu sich nehmen und heute Nacht noch in den Tod gehen. Heute Nacht noch.

Schwarze Schatten würden bald schon seinen Leib durchtränken, erheben, irgendwohin tragen …

Da saß er und zitterte und alles wurde kalt und war doch brennend.

Daniel kehrte zurück, in Händen ein schmales Kästchen. „Sie haben mir ja übrigens zu viel überwiesen. Ich sehe mich da nur als Boten, nicht als Besitzer. Der waren Sie, von Anfang an. Habe also nur die Untersuchungskosten draufgeschlagen."

Adam winkte hastig ab. „Ach, das geht schon in Ordnung!" Seine Augen starrten das von Daniel auf dem Tisch abgelegte Kästchen an.

Seeliger drehte das Licht herunter, bat Milla um Ruhe und setzte sich wieder.

„Vor gut einem Jahr hat man mich angerufen. Irgendein Mittelsmann wolle mich im 1886 sehen, allein. Sie kennen das Restaurant?"

„Ja, ja – wirklich prachtvoll!", antwortete Adam schnell.

„Nun, für Jerusalem nicht unwichtig, denn im Gründungsjahr wurde im Sinne des Neuen Jerusalem zum ersten Mal auch außerhalb der Altstadtmauer gebaut … Jedenfalls ging ich also hin, traf dort den Mittelsmann an, der mir bei einem Glas Wein – die Israelis sind keine großen Weintrinker, ich als halber Deutscher aber schon – das kleine Fragment einer Schriftrolle aus Qumran vorlegte."

Adam war unsagbar geschwächt, er konnte kaum länger so verweilen. Immer das Kästchen suchend, immer wieder in gefährlich endgültige Trauer sinkend. *Heute Nacht werde ich sterben. Werde ich heute Nacht sterben? Vielleicht werde ich heute Nacht sterben. Ich w e r d e heute Nacht sterben.*

„Ich habe ja in diesen Dingen ein Auge, ein perfektes Auge, und ich sah diesen … diesen länglich kostbaren Schnipsel vor mir liegen, fünf oder sieben Zentimeter lang. Ehrfurcht, ja *Furcht* war das Erste, was mich befiel. Solche Mittelsmänner sind ja überaus steril, was Gefühle betrifft, die wissen oftmals selbst gar nicht, was sie da von Viertel zu Viertel mit sich herumtragen! Mal von den unzähligen abscheulichen Fälschungen abgesehen. Das aber war keine Fälschung, das sah und fühlte ich. Aber ich bat ihn, das Rollenfragment untersuchen zu dürfen. Er lehnte ab. Stand auf, wollte gehen, ich hielt ihn zurück, erklärte ihm die Not, eine unbedingt fachkundige Expertise sei für einen Mann wie mich unumgänglich.

Er wies mich ab, packte das zarte Ding wieder ein und war im Begriff, das Restaurant zu verlassen, als ich ihn nochmals beschwor und ihm versicherte, schon einen Weg zu finden, ohne dass einer von uns zu Schaden käme. Wir einigten uns darauf, dass meine Freundin, die gute Tanya, sie ist Restauratorin im Nationalmuseum, einen Blick darauf werfen konnte, an einem Ort, den der Mittelsmann vorschlug. Es war der Konferenzraum eines Fitnessstudios. Dort trafen wir uns zu dritt, nein zu viert, da war noch ein Mann, er stand nur stumm an der Tür und wartete. Als man uns nochmals diese Handschrift Gottes vor Augen führte, waren wir ganz ergriffen. Tanya legte ihre Handschuhe an, beugte sich über das kleine Wesen und … und fing an, es behutsam zu betrachten. Sie war natürlich erschrocken über den lieblosen Umgang, man hatte das wertvolle Stück lediglich in einer Schachtel transportiert, sodass es also hin und her gerutscht war! Sie entnahm ihre Probe und etwa sieben Monate später war das Ergebnis da – und selbstverständlich war das Pergament echt.

Radiokarbonverfahren fasse ich normalerweise, nun ja, mit spitzen Fingern an, ich gehe da ganz mit Ihrem Eisenman mit, der sagt, dass sie zur Bestätigung des Altertums zwar bestens geeignet, nicht aber zur Datierung fähig ist. Diese ganzen Qumranfragmente … was für eine grazile Angelegenheit, oh … Sie und ich, wir beide sehen diese Methode lediglich als Türöffner, aber ein Schlüssel weiß doch noch nichts über den Raum, über die Kammer, über das Gemach, ja über den Saal – den es einem darbietet. Wenn der Inhalt, so wie es Eisenman vertritt, wenn also der Inhalt einiger Texte aufgrund ihrer dramatischen Kraft für ebenjene Zeit Jesu spricht, dann mag das durchaus sein …"

„Dass ein Teil des Korpus aus der Zweiten Tempelperiode stammt, ist ja unbestritten. Aber je tiefer Eisenman auch in all den anderen Rollen las, zumindest in jenem Material, in das er gerade Einsicht hatte, stieß er auf einen Ton, auf eine Traurigkeit, auf eine … eine Zuspitzung von Termini und Auslegungen, wie er sie nur mit dem römisch-herodianischen Jerusalem in eins bringen konnte. Einer so gewaltigen Zeit eben! Er sagt, es ist anzunehmen, dass einige Rollen zu Jesu Lebzeiten verfasst worden sind … ja er *selbst* sogar an einigen mitgeschrieben haben könnte", warf Adam ein.

„Das Radiokarbonverfahren neigt ja ohnehin dazu, alles zu archaisieren, etwas älter ausfallen zu lassen, als es sein mag. Es gibt lediglich an, wann in etwa, plus minus Toleranzspanne von hundert Jahren, der Organismus, aus dem das Schreibmaterial hergestellt wurde, wohl starb. Aber das mag ja noch lange nicht die Zeit der Verfasser, die Zeit der archäologischen Schicht sein. Doch darin sehe ich eher einen starken Interessenkonflikt der kirchlichen Auftraggeber ... Sie wissen, wovon ich spreche. Auch mangelt es den hiesigen Behörden gern mal an Genauigkeit und Ehrgeiz, ich erinnere Sie nur an die israelische Trägheit beim Zeitpunkt des Fundes in den vierziger Jahren: Was wäre Qumran für ein Symbol des Staates Israel geworden!"

„Ja. Auch stilkritische Meinungen sind in diesem Fall unzureichend."

„Ganz genau. Qumran ist eine innere, heilige Angelegenheit, nur über den Gefühlsverstand zu erreichen. Sonst darf man da gar nicht erst eindringen." Auch Daniel war nervös, war zärtlich angespannt.

„Ich wollte nur die wissenschaftliche Gewissheit durch Tanyas Daten, als ich die hatte, traf ich Robert."

„Robert?"

„Robert Eisenman", schmunzelte Daniel neckisch.

Adam schluckte.

„Ich saß einige Stunden mit ihm zusammen ... sein Sohn Nadav war auch dabei, wir fuhren raus, nach Qumran, es ist zurzeit etwas komplizierter, man bewacht viel. Wir aber saßen da, blickten aufs Meer, er liebt das Tote Meer, sprachen viel, fragten uns, wem man so ein Fragment anbieten könnte. Hin und her überlegten wir."

„Sie ... Sie sprechen von *meinem* Eisenman, obwohl Sie mit ihm befreundet sind?" Adam war fassungslos.

„Aber ja, Sie sind doch geistig viel näher an ihm dran. Und er war es schließlich, der Sie vorschlug. Er erinnerte sich an Ihren Artikel und stellte fest, dass Sie ja der Einzige seien, der das, was er durch Qumran erkannte, auch lebt. Er und ich kamen zu dem Schluss, dass bei dem ganzen unseligen Schwarzmarktgeschäft, all den Fälschungen sowie der Trägheit der Altertumsbehörden *Sie* es doch seien, dem wir *vertrauen*. Sie würden mit Ihrem Vermögen und ihrem Wissen solch ein Fragment bewahren, statt es zu vernichten, statt es untergehen zu lassen."

Adam war gebannt, gefesselt.

„Und dann sah ich, dass er recht hatte, dass nur Sie in Frage kommen konnten, Sie, mit Ihrem ganzen Leben, das ich von fern spürte. Übrigens hätte er Sie gern kennengelernt, aber er musste zurück an die Universität."

„Daniel … ich …" Adam brach in Fieber aus, seine Wangen füllten sich mit Blut, sein Leib dröhnte!

Daniel ging zum Tisch, nahm das Kästchen und legte es Adam in die Hände.

Zwischen der schützenden Verkleidung lag ein Schuber, den Adam langsam herauszog.

Durch das Museumsglas hindurch sahen seine Augen nun ein sehr kleines Rollenstück.

Rauchig golden das Papyrus, die Buchstaben so ergeben, und trotz allem Gelittenhaben so Glaubens begehrend, so dunkel, so immer noch, so mächtig!

Scham. Leidende und doch so einfache, glasige Scham empfand Adam in diesen Sekunden, in diesen Sekunden, für die er scheinbar immer gelebt, die allein er immer nur ersehnt und gewollt hatte! Eine so alte, aus allen Urmeeren rauschende Schrift, richtungslos, Gott allein gehörend! Und wie bei Mozart, wie bei seinem großen Mozart, waren das Noten der Heiligkeit, Laute weit, weit, weit erhobener Gestirne, und wie bei Mozart verschmolz auch hier alles mit schuldloser Düsterkeit, hin zu Ewigkeit! Zu unnachahmlicher Einzigartigkeit! Zu vollkommenem Wissen! Und schmerzhaft wunderlich begann Mozarts wundes *Lacrimosa* in ihm aufzusteigen …

„ E r k e n n t n i s ", las Adam. Der Schnipsel war schräg angerissen, sodass man nur drei Worte lesen konnte, die im diagonalen Klang zueinander standen. Das obere und das untere Wort waren durch den etwas beschädigten Papyrus nicht unmittelbar zu entziffern. „Mein … mein Hebräisch ist … nicht sonderlich gut." Seine Stimme brach.

Daniel las. „ E r k e n n t n i s   W e g e   H e r r s c h a f t ." Eine wunderbare Stille kam über sie.

„Geliebter Gott …" Adams Tränen würden bald schon hervorbrechen, wie aus einem Quellgestein. „Dieselben Worte kommen … kommen in dem Teil vor, den Eisenman unter dem *Geheimnis der Existenz* zusammenfasst. Dieselben Worte!"

„Ja, Robert vermutet dahinter die Variante eines Textes. Sie beschwören eine Wahrheit sozusagen mehrfach, manchmal in unterschiedlichen Texten, manchmal als Anhang, und so weiter. Diese Eindringlichkeit ist für Qumran ja sehr typisch. Gewisse Gedankenbilder führen sich selbst noch weiter aus, die Zeit vergeht, und einer von ihnen schreibt es womöglich noch erwachender, noch schöner auf, vielleicht aber auch zeitgleich, und so steigern sie sich in ihrer Poesie, aber ich Esel! *Wem* sag ich das!" Daniel errötete.

Adam öffnete den Glasdeckel. Das Fragment war an der linken Seite anhand zweier Streifen auf dem Grund des Kästchens befestigt, sodass man es mit einer Pinzette leicht wenden konnte.

Seine Augen waren nun alles. Sein Schauen versuchte so nah wie möglich an das Rollenstück zu gelangen, die Lider lösten sich auf, er wollte darin eintauchen, wollte Gott riechen … ihn küssen!

Adam schloss das Kästchen wieder, legte es auf seinen Schoß, lächelte kurz und dann, dann behängte die Seele seinen Blick mit dem ganzen Tränenschmuck, den sie nur besaß, minutenlang.

Daniel schritt auf ihn zu, sah, wie dieser große Kerl immer mehr und mehr verging. Er schluchzte mit ihm, Milla lugte aus der Küche hervor, scheu und erschrocken, denn Adam weinte nun sehr heftig.

„Mein Freund … mein, mein armer Freund …" Daniel stand reglos im dunklen Zimmer herum.

Adams Kehle versank wie im Sand. Sein Herz wurde langsamer, als schlüge es aus. Seine Hände waren jetzt weder warm noch kalt.

All die Tränen fielen auf dem Glas des Kästchens nieder, regengleich, wie an einem Fenster.

„Adam … warum ist Ihr Herz nur so traurig? So … unendlich trau– " Daniel vermochte nicht zu sprechen.

Milla weinte stumm in ihre Schürze hinein.

Der Tod? Würde er nun kommen, in dieser Nacht? Würde er sich über Adam legen, irgendwann in dieser Nacht? Wie viele Minuten, wie viele Stunden blieben noch zu atmen? Wie viel Ruhe hatte Adam noch? Wie viel Kraft, zurückzugehen ins Hotel. Oder raus, ans Meer? Am Toten Meer sterben? Aber wie sollte er da hinkommen, wo doch in diesem Land alles so schwierig war? Vielleicht mit Daniels Hilfe? Nein, kein Bitten mehr, kein Sprechen mehr. Er musste jetzt fort, einfach gehen, hinaus und zurück. Im Bett, unter der Decke, würde er warten. Vielleicht beim Träumen würde er sterben? Träumt man vor dem Tod, kurz vor dem Tod noch? Oder ist man dann schon behaucht vom aramäischen Geflüstergesang der Engel? Mit dem Rollenstück in der Hand würde er sterben, durch Gott zu Gott. Ja, unter der Decke und mit Amadeus in der Seele. Doch das *Endlich* war nun kein *Endlich* mehr. Jetzt war das *immer Hoffen* auf den Tod zu einer solch rasenden *Angst* geworden, zu einer solchen Angst! Der Versuch des Todes war nun kein Versuch mehr. Er würde sich nicht mehr verschieben lassen. Nein. Würde er nicht. Und als Sterbenden gab es für ihn gewiss nur Rosen, ja, gewiss war der Tod von Rosendächern überwachsen, nur wusste es kein Mensch, da noch nie einer zurückgekehrt war! Gewiss war es so!

Aber was … wenn es keine Rosen gab im Tod, sondern nur den Tod? Den Tod allein?

Er stand mit einem Mal auf. Der Schmerz im Knie sickerte nur leicht zu ihm durch. Die Betäubung der Tabletten war jetzt nicht mehr erwünscht, der Tod, *sein* Tod, *Adams* Tod benötigte keine Unterstützung.

Das unschätzbare Kästchen legte Adam in seine Anzugtasche, hinkte mit *Fritz* zu Daniel, der wortlos vor ihm stand, legte ihm die Hände ums Gesicht und küsste ihn auf die Stirn, auf die Wangen, auf die Schultern. „Nie, niemals hat mein Herz geahnt, einen … *Bruder* wie dich zu finden."

„Dann bleibe! Adam, bleibe hier! Geh nicht. Geh nicht in den … Tod", flehte Daniel. Milla war entsetzt, sie weinte nur immerfort. Adam streckte die Hand nach ihr aus, sie stürmte zu ihm, verbarg ihr Gesicht auf seiner Brust, er umarmte sie. „Meine Schöne, weine nicht. Bitte weine nicht. Es ist alles gut. Ich bin jetzt … frei."

Er wandte sich ab.

Und schritt aus dem Zimmer hinaus, dem Gang entgegen.

„Geh nicht, Adam. Das … das Essen ist doch fertig. Bitte, bitte geh nicht", rief Daniel.

Adam aber schritt weiter, hinkte weiter zur Tür, und jeder Schritt war ein Glockenschlag des Karfreitags, jeder Schritt ging dem Ende zu.

„Was … sollen wir ohne dich tun? Wer soll uns … aus dem Geheimnis des Lebens sprechen? Wen sollen wir fragen? Wen … wenn nicht dich, Adam?"

An der Tür angelangt, schloss er kurz die Augen, *es gibt bestimmt keine Rosen im Tod.*

Und drückte die Klinke weit nach unten.

Töchter meines Volkes, brecht in lauten Jubel aus,
legt herrlichen Schmuck an und herrscht ...

Qumran, Kriegsrolle

Arie

Adam sah, wie ein schmales Handgelenk in genau diesem Moment von der anderen Seite die Tür öffnen wollte, noch den Schlüssel in der Hand, schwebte dieses Handgelenk vor ihm. Bunteste Edelsteine waren in goldene Ringe gefasst, schwer geschwungene Reifen blinkten ihn an, und da war ein Hals, an dem ebensolche Edelsteine hingen, Steine in Azur, Blütenweiß und Honig, in Lavendel, Limone und Orange, in Orchidee, Meerblautürkis und Spätsommergrün und ein Mund, Korallenrot.

Adam strauchelte. Ein kurzer schwarzer Schimmernebel blitzte vor seinen Augen auf. Er versuchte sich zu stützen, doch rutschte ab und warf mit sich die kleine Kommode um, die sich gleich neben der Tür befand. Eine chinesische Tänzerin aus Kristall zerbrach. Er lag im Schwindel auf dem Boden, das Knie tat weh, er schaute auf, da war Joseph, in seiner elfenbeinernen Soutane. Und er reichte ihm lächelnd die Hand, *komm ... steh auf ... ich trage dich ...* − Adam griff danach, doch spürte er Ringe und Reifen und sah die Kette der Farben Gottes, und als er wieder aufgerichtet stand ... sah er ein Weib vor sich.

„Adam! Was ist mit dir? Bist du wohlauf? Geht es dir gut?" Daniel umfasste mit beiden Händen Adams Gesicht, wie zuvor

Adam das seine, und redete auf ihn ein. Adam nickte nur immer. Milla lief in die Küche, um Wasser zu holen. Nurit stand wie angewurzelt vor ihm, brachte kein Wort hervor. Milla kam herbeigeeilt. „Bitte trrink das, Adam!" Sie blickte ihm sorgenvoll ins Gesicht.

„Fritz, wo ist Fritz?", fragte Adam und schaute sich um.

„Fritz?", fragte Daniel.

„Mein … mein Gehstock, ich … kann nicht gehen ohne ihn." Adam öffnete auch noch einen weiteren Knopf seines Hemdes, zog das Jackett aus. Nurit reichte ihm den Stock, die Reifen an ihrem Arm schlugen aneinander. Ihre berauschenden Augen schauten lang und tief, fluteten ihn mit Blicken.

... und du heiltest die Wunde, die mir geschlagen wurde,
und bei meinem Stolpern war Wunderkraft da und unendlicher Raum
in der Not meiner Seele ...

Qumran, Loblieder

Quartett

Alle standen um Adam herum. Der Tod, der ihn doch eben noch zu besitzen schien, ihn schon beinah ganz eingenommen hatte – war verschwunden. Stattdessen begann ein Glanz sich über seine Wangen auszubreiten und von etwas ganz Neuem zu erzählen ...

*

Es war spät. Milla brachte runde frisch gebackene kleine Fladenbrote und Saucen. Kräutersaucen, Ölsaucen, eingelegte Birnen, Oliven, Fisch und Kuchen. Alle setzten sich an den runden Tisch. Aber alle waren sprachlos. So berührt, etwas hatte sie alle berührt, hatte sie *angefasst*.

Hunger fühlte Adam, sein Bauch verlangte nach allem, was auf dem Tisch stand, und ein Durst kitzelte seinen Gaumen, ein solch herrlicher Durst!

Ihm gegenüber saß Nurit. Ihre Stirn war die einer Fürstin. Ihre schwarzen Nachtbrauen, fremde Gedichte. Und ihre Augen ... *andante un poco sostenuto.* Ja, auch Mozart lag in diesen Brauen.

Daniel schaute abwechselnd zu Adam, dann zu Milla – was war geschehen? Was war nur geschehen, in diesen letzten Stunden, und was war mit Adam, dessen ganze Aura mit einem Male so aufbrach, ins seidig Schweifende zerfiel?

„Beginnen wir … essen wir etwas, nach diesem … *unglaublichen* Abend." Daniel reichte Adam Brot. „Bei uns ist es auf dem Tisch übrigens alles andere als koscher", grinste er.

„Ja, sag doch, was du immer zu sagen pflegst, Aba!", rief Nurit.

„Nun, ich sage dazu einfach: Milch und Fleisch kommen beim Weib ja wohl auf das Glücklichste zusammen! Sollen wir Juden den Frauen etwa die Brüste abschneiden?"

„Daniel!" Milla war jedes Mal erneut empört.

„Doch Nurit, warum sitzt du eigentlich nicht im Flugzeug nach Basel?"

„Aba, es ist so … ich habe einen Anruf bekommen … kurz bevor ich nach Tel Aviv aufbrach. Dagegen ist das Basler Angebot für den Thomas Mann ganz ohne Reiz für uns!" Ihre Brauen stiegen auf wie Rätselschwingen.

„Sag schon, mach es nicht so spannend!", forderte Daniel.

Nurit wollte antworten, ausführlicher werden, doch sie verstummte, und mit ihr die Eltern, als sie sahen, wie Adam das Brot brach und jedem am Tisch etwas davon reichte. Sein nassgeschwitztes Haar des Überstandenen nach hinten gestrichen, die breiten Schultern ruhend, die gebräunte Brust so lebendig, die Hände, diese in zärtlichsten Gebärden sich regenden Hände voll frischer Empfindung, wie vertraut sie das Brot hielten, es rissen, Tod und Leben verkündeten, und doch nur das Leben, das Immer, das nicht enden wollende Lieben, Lieben, Lieben suchten. Sein Blick, der gesenkt und doch, wenn er aufschaute, voll Zeit, voll Gegenwart war – was für eine Bestürzung war das für alle!

Die gedankenvollen Gesichter der Seeligers blickten ihn lange schwärmerisch und wundersam an. Wie verhält man sich einem Menschen gegenüber, der atmet – für alle, fühlt

– für alle, erträgt – für alle, weint – für alle, wütet – für alle? Wie schaut man ihn an, was für Schmetterlingsverwandlungen erfährt man durch ihn, hin und abermals und immer nur hin zum Menschsein, das durch all diese Eroberungen des eigenen fühlenden Wesens *so* schön zu werden droht, dass Gott sich wünscht, Mensch zu sein?

„Also", begann sie zart, „Erez hat mich angerufen, gerade als ich nach Tel Aviv wollte. Er bat mich zu kommen. Bis jetzt war ich bei ihm. Aba, er löst seine Sammlung auf!"

„Das ist so traurig wie wundervoll, mein Kind!"

„Vergiss den Thomas Mann, Aba! Erez hat Kostbareres für uns!"

Daniel wandte sich an Adam. „Kennst du Manns Handschrift?"

„Ja", murmelte Adam, während er vom Fisch aß und Milla ihm Birnen auftat, „er hat die Schrift eines Kopisten."

Nurit lachte. Der große Mund, das Strahlen ihrer Wangen, alles saugte an Adams Herz. Ein grausam süßer Strom durchzog ihn, überfiel seine Venen, ließ seine Zellen zappeln, ließ ihn aufhorchen für einen jeden Laut, der künftig von ihr kommen würde.

„Tja, sagt viel aus über seine Literatur, nicht wahr? Ich meine, *Tod in Venedig* müsste doch eigentlich *Wo ist mein Lustknabe in Venedig* heißen." Daniel tat Marmelade und Nüsse in seinen und Adams Tee.

Milla fragte nach Erez' Befinden und strich Nurit das Haar hinters Ohr.

„Ihm geht es … er ist so allein. Zu viel allein."

„Ja, er ist eben Erez … die *Zeder*." Daniel tauchte sein Brot in eine der Saucen.

„Aba, er hat mir heute etwas geschenkt." Adam genoss es, Nurit dabei zu beobachten, wie geschmeidig sie das Brot in ihren Mund legte, wie ihre sandfarbenen Arme sich auf dem Tisch abstützten, wie leicht das hellgraue Leinenkleid auf ihrer Haut saß und wie der ganze bunte Schmuck sie krönte.

Daniel und Milla wurden neugierig. Ihre Tochter konnte sich winden wie eine Kobra, wenn sie etwas zu verbergen hatte.

„Sagg schonn!" Milla ängstigte sich fast vor der Antwort. Das harte Betonen beim Sprechen aus ihrem sanften Mund war unendlich charmant.

„Mami … hab keine Angst, es ist etwas so Wunderschönes …" Nurits Wimpern öffneten so viele Glückseligkeiten, läuteten so viele Ewigkeiten, und mit einem jeden solchen Blick, mit dem sie Adam ansah und ihn bei sich empfing, färbte sich sein Leben erst zu einem Leben, Minute für Minute.

„Den Rodin …" Sie sagte es, als schäme sie sich für dieses unschätzbare Geschenk.

Milla klatschte in die Hände.

Daniel ergriff ihren Arm. „Nurit, was sagst du da?!"

Sie nickte, wusste selbst nicht, wohin mit so viel Zauberglück. „Er sagte, er wolle es so und dass er ihn mir schon so lange geben will, für immer soll er bei mir sein, das wünscht er sich."

„Errez ist jetzt alt, hat keine Kinderr und liebt Nurit sehrr", erklärte Milla und Adam nickte aufmerksam.

„Was für ein Rodin?", fragte er und sah sie an. Sah sie so an, wie er noch nie eine Frau, noch nie ein Geschöpf angesehen hatte. Rein, aber in dieser Reinheit lagen Sinnlichkeiten feinster Art.

„Marmor", antwortete sie, ihre Stimme war schattig, als spräche sie nur für Adam, „ein Mädchen haucht einen Menschen, einen Mann daraus hervor, zieht ihn mit ihrem Atem heraus. Es ist eine kleine Arbeit, sehr filigran." Sie schmunzelte und Adam wollte überall an ihr verweilen, bei den Lippen, bei den Mundwinkeln, beim Kinn, bei der Nasenspitze, bei all den kleinen Muttermalen an Oberarm und Brust.

„Wo ist er jetzt?"

„Natürlich noch bei Erez, er hat seinen Kunsttransport für morgen bestellt, irgendwie … will Erez … diese Welt verlassen, Aba … er hat es so eilig, von uns zu gehen." Daniel und Milla warfen einen Blick auf Adam.

„Ich weiß, dass Herr Tessdorff bestimmt sehr erschöpft ist … habe ich … habe ich Ihnen schon gesagt, wie dankbar ich bin, dass Sie *leben*? Ich … würde mich dennoch so sehr freuen … wenn … wenn Sie mich morgen begleiten, den Rodin sehen, Erez sehen. Aber … aber wenn Ihr Knie … haben Sie Schmerzen, starke Schmerzen? Wenn Ihr Knie das nicht erlaubt und Sie sich besser schonen wollen, dann … ja, Sie sollten sich besser schonen!" Nurit atmete schwer.

„Aber wenn nicht … wenn Sie sich nicht schonen wollen, dann kommen Sie mit mir." Jetzt waren ihre Augen noch schwärzer, noch erregter, noch hingebender.

Alle verstummten. Milla zeigte auf Adams Knie und wollte damit an die Schwere der Verletzung erinnern.

Adam hielt über dem Dattelkuchen inne. Schwärme von Lichtkränzen flochten sich in ihm hoch, von den Zehen bis zum Kopf. „Ich … würde Sie so gern begleiten."

*

„Dann ist das ein Tag, an dem wir beide ein Geschenk bekamen", stellte Nurit fest und träumend schwebten, flogen ihre schwarzen Blicke zu Adam hinüber.

„Ja, und ich habe noch viel mehr bekommen … Ihr Vater ist … ich habe heute … einen *Bruder* bekommen." Adam sah alle an und ergriff sie mit seinem Schauen. „Aber ja, es stimmt, was mir Daniel heute übergab, reicht über alle Dinge hinaus, die ich je besaß."

„Was war davor das Kostbarste, das Sie besaßen?"

Adam überlegte nicht lange und ließ sich dennoch Zeit mit seiner Antwort.

„Eine Muschel", sagte er und fügte gleich hinzu, „eine Riesenmuschel aus dem Pazifik."

„Ja, die sind sagenhaft schön! Übergroß und mythisch und sehr erotisch!", rief Daniel.

„Mittlerweile sieht sie aus wie ein antikes Bruchstück, nur wenn man genau hinsieht, erkennt man eine Muschel."

„Ihr Herz … muss sehr viel fühlen", sagte Nurit.

„Oh", lachte Adam weich, „ja! Ja, das tut es. Zu viel. Oft. Eigentlich immer. Die … die ganze Zeit eigentlich."

„Gott muss Sie sehr, sehr lieben, dass er Sie so erfüllt."

„Ich liebe Gott."

Und es war, als läge das tief entfernte Rauschen jener gro-ßen Muschel über dem Tisch, gestreichelt von den Wellen des Urbodens, getragen vom Kuss des Meeres mit dem Mund der Muschel, der auf- und zuging, in dessen Inneren noch nie ein Mensch gewesen, einer dieser Orte, die Gott allein betritt, die Gott allein erträgt. Eingänge in menschenlose Ewigkeit.

„Ja, dass Sie Gott lieben, haben Sie gezeigt", versicherte sie ihm.

„Wie kann man ihn auch nicht lieben?", fragte er erschüt-tert.

„Ich frage mich manchmal, warum er so selten hier in Jerusalem, in Israel ist. Dieses Land ist so gestresst, so er-schöpft."

„Nicht doch, Gott ist hier … hier sogar ganz besonders gern. Allein, bedenken Sie, was für ein heiliger Atem über Qumran liegt! Gott kommt immer zu uns. Er ist das einzig Wiederkehrende. Er nimmt die Gestalt der Liebe an, der Seele, der Musik. Und er hat sogar Lieblinge. Mir nehmen viele Christen übel, dass ich so rede, aber es ist so: Manche dürfen ihn nicht nur betrachten und bei ihm sein, wie Qumran sie nennt, die Engel des Angesichts, sondern ihn sogar einhauchen und in ihrem Schaffen wieder der Welt zuführen! Sie dürfen Er sein."

„Mozarrt!" Milla wusste, dass Adam nur ihn meinen konnte.

„Ich könnte also sagen, meine Religion ist die Musik?" Nurit fragte voll natürlicher Neugier.

„Und es wäre ein vollkommenes Gottesbekenntnis, ja!" Adam versprühte Licht mit seinem Lächeln.

„War also Jesus ein Künstler?", fragte sie und schon wieder stiegen ihre Brauen auf wie Flügel.

„Nennen Sie Mozart einen Künstler? Nun, wenn wir den eigentlichen Kunstbegriff als eben solch ein Phantastikum des ganzheitlichen Wunders heranziehen, wäre *Künstler*, also der Gebärende dieses Wunders, jemand, der Ewigkeit aufspürt – ein großes Wort. Aber nicht in unserer Zeit, wo alles und jeder sich so nennt und doch nur voll Berechnung und Behauptung und Mittelmaß nichts als Totgeburten hervorbringt.

Jesus, geliebter Jesus, wusste, sah und fühlte *mehr* als die Menschen. Hätte er dies auch auf einem Klavier austragen können? Ja! Hätte er dies auch auf einer Leinwand ausdrücken können? Ja!

Er aber war von der Heiligkeit gesegnet, zu den Menschen zu *sprechen*, war König der Sprache. Auf sie einzureden, die ganze Zeit Antwort, Antwort, Antwort zu sein, das war sein Schaffen. Und alle tranken von ihm. Was für eine Last. Was für ein Zauber."

Den angehaltenen Gesichtern Millas und Nurits entgegnete Daniel, dass er selbst bereits den ganzen Abend von solchem Himmelswissen berauscht worden war.

„Wie stellen Sie sich Jesus vor?"

Stille.

„Liebe Nurit", wie ein Gewitter brach es in ihr aus, als er ihren Namen nannte, als habe man sie zum allerersten Mal *gerufen*, „das ist eine sehr besondere Frage." Adam trank vom Tee. „Für mich war Jesus eine Stickerei der Menschlichkeit. Und er wäre heute derselbe Mensch. Seine Leidenschaft muss ansteckend gewesen sein. Er muss … sehr schön gewesen sein, das ganze volle weiche Wesen der Harmonie in ihrer Ausgewogenheit, in ihrem … ihrem Schaukeln der Formen von

Ganzheit, Weichheit und Einfühlung, diesen Geometrien der Weisheit, muss *an ihm gestrahlt* haben. Ganz gewiss lachte er … lachte er viel.

Ich glaube, er war ein trauriger, ein glücklicher Mensch. Er kannte *alle* Geheimnisse der Existenz. Denn er zeigte sie, lebte sie, führte sie vor, beschrieb sie … wusste von ihrem Innersten.

Aber was macht einen vollkommenen Menschen aus? Es ist das *Erkennen*. Es ist die *Einsicht*.

Er musste also etwas wie Staunen *erlebt* haben … etwas Heiliges auch von Menschen *empfangen* haben, *bevor* er selbst zu Gottes Bild wurde.

Mozart lehrte man Noten, aber oh, was machte er dann daraus!

Daher glaube ich … dass der Sinn Qumrans – der da ist, Gott liebt *und* verachtet, Gott vergibt *und* straft, Gott empfängt *und* weist ab – auch in der Innerlichkeit Jesu fest verankert war. Ein Mensch, der so viel wusste wie er, muss doch auch ebenso von größter Dunkelheit – muss doch auch genauso angespannt gewesen sein. Diese Einzigartigkeit Jesu *konnte* nicht nur Vergebung sein. Denn in diesem Herzenssturm seiner Aufgabe, seiner Menschheitsaufgabe, musste er doch ohne Zweifel immer richtigstellen, immer auch zur Ordnung der Seele rufen. Milde führt doch erst zur Herrschaft, wenn sie auch unverrückbar stolz ist, wenn die Menschen *gegen* einen sind. Diejenigen, die sich einem von vornherein durch Erkenntnis ganz und gar anschließen, sind ja leider ohnehin immer wenige. Wahrheit ist immer ein Kampf.

Wenn er also so sehr Eins war mit Gott, dann musste dieser ihm nebst all seiner Sanftmut auch Zorn und Unerschütterlichkeit, ja Strenge und Genauigkeit übertragen haben. Was aber heißt Genauigkeit? Es heißt, ich ertrage keine Ungenauigkeit. Ich muss ständig und immer wiederherstellen, erinnern, fügen und ermahnen."

Daniels Wangen glühten. „Adam …"

„Deshalb bedeuten Ihnen die Schriftrollen so viel", sah Nurit ein.

„Ja, weil sie eben all diese Mächte in sich tragen. Weil sie wüten *und* lieben." Adams starker Leib versprühte nicht mehr nur das Wissen um Leben, sondern allmählich Leben selbst.

„Qumran liebt Gott. Und zwar in einer Ergebenheit und einer Poesie, die man sich gar nicht vorstellen kann! *Ohne dein Wohlgefallen geschieht nichts,* preisen sie Ihn. *Wie soll der Mensch Dich verstehen,* fragen sie Ihn. *Licht ist in meinem Herzen aus seinen wunderbaren Geheimnissen,* schreiben sie. *Böses will ich nicht in meinem Herzen bewahren,* heißt es, *nicht will ich jemandem seine böse Tat vergelten, mit Gutem will ich jeden verfolgen. Denn bei Gott ist das Gericht über alles Lebendige. Aber meinen Zorn will ich nicht wenden von den Männern des Frevels* …

Was für ein Gleichgewicht, was für ein rundes Empfinden. Die gefälligen Farben der Evangelien sind stumpf gegen die bunte Glut Qumrans! Mein Hebräisch ist schlecht, aber was allein die deutschen Übersetzungen der Rollen für Gärten der Metapher eröffnen! Die Evangelien könnten sprachlich viel umgreifender sein, noch viel magischer sein. Sie sind ammenhaft. Die Schriftrollen jedoch erzählen vom Menschen durch Menschen für Menschen in Göttlichkeit.

Herrschaft des Lichtes … *Wenn meine Hände und Füße beginnen sich zu regen, will ich seinen Namen preisen* …

Ihre Stimmungen fangen alles ein, was der Mensch Göttliches fühlt, und schließen dennoch so etwas wie Sünde aus, verwerfen sie. Wollen wir nicht, sagen sie. Wir können auch heilig leben ohne Sünde. *Genießen alle Lust des Fleisches,* heißt es in einem Kommentar zu einem Psalm. So etwas kommt doch aus dem Leben! Das ist keine Umgehung mehr, das ist *echt!* Heilige Sinnlichkeit ist das! Was ist dagegen noch Sünde?"

„Wohingegen Paulus *gerade* die Sünde zur Eintrittskarte macht! Ohne die ist man gar nicht Mensch, ohne die ist *sein* Christentum ohne Sinn", warf Daniel ein.

„Ja! Er *verlegt die Schuld in den Kern der Dinge,* wie es Nietzsche formuliert. Holt sich den Goldbarren des Glaubens aus dem innersten Orient, diese Liebe und Kompromisslosigkeit, und formt ihn für die gelangweilt hellenisierte Welt um, in einen Glauben der Beichte und Sünde." Adam schüttelte untröstlich den Kopf.

„Paulus kannte die Menschen jenseits von Qumran. Er wusste, sie würden den Glauben, so wie er ihn vorfand, in dieser Strenge und Geistigkeit nicht anwenden können. Sie waren schon zu sehr losgelöst von sich selbst, verdorben, wenn man so will, und bevorzugten eher Unterhaltungslektüre übernatürlicher Art. Sein wunderheilender Messias ist angepasst an die Menschen der hellenistischen Welt", erklärte Daniel seiner Tochter, die diesen beiden Männern lauschte wie ein kleiner Vogel.

„Genau, wohingegen Glauben doch eigentlich immer das *Höhere* ist, wonach wir trachten, verlangen und was wir … *fühlen* wollen. Wenn Glauben bereits mit der menschlichen Schwäche endet, ja sogar zum *Träger* der Sünden wird, nur so weit reicht, wie der Mensch fällt − was … was ist es dann noch wert, zu glauben?

Paulus … ist ein schwieriger Fall. Er hat sich immer nur der Heiligkeit bedient, aber selbst war er es nicht. Seine Briefe sind zwar beste Zeitberichte, sie sind in der Absicht der Liebe verfasst, aber diese Liebe ist nur geborgt. Sein ganzes Konzept des Christentums, seine Auswahl des *Personals*, wie es Nietzsche sagt, und sein Entscheiden über die *wahre Geschichte Jesu* sind, so meine ich, ganz und gar nicht heilig. Er betritt die Bühne Jerusalems, soweit wir wissen, wenige Jahre nach Jesu Tod, ist ihm selbst also niemals begegnet, doch hat er ihn sich herbeiphantasiert. In Jerusalem aber begegnete er dem unmittelbaren Umkreis Jesu. Im Galaterbrief bezeugt er, dieser habe *mehrere Brüder, von denen einer Jakobus hieß*. Hier aber haben wir nicht nur eine Jakobusbezeugung, sondern vor allem eine Jesusbezeugung! Das ist wieder wundervoll! Auch die Apostelgeschichte spricht plötzlich und völlig unvermittelt in ihrem zwölften Kapitel von Jakobus als den *Führer der Jerusalemer Kirche* oder *Urgemeinde*, auch sie kann also seine Persönlichkeit nicht unerwähnt lassen.

Ihn, diesen Bruder Jesu, diesen Jakobus, genannt *Jakobus der Gerechte*, gleichzusetzen mit dem *Lehrer der Gerechtigkeit* Qumrans, ist doch dann nur noch eine Schlussfolgerung der Seele, wie kann man auch nicht? Wie kann man auch nicht, bei all der filigranen, gelehrten Beweisführung Eisenmans? Wie kann man nicht diesem Glauben verfallen, die Tiefe und die Persönlichkeit Jesu spiegelten sich in seinem Nächsten wider? Wie kann man dem nicht seine Treue schenken, wie kann man sich vor einer solchen sanften Behauptung nicht verbeugen?

Einen der zwei tätlichen dank vieler durch apokryphe Texte überlieferten Angriffe gegen Jakobus den Gerechten begeht kein anderer als Paulus, damals noch Saulus, damals noch Pöbler. Er greift Jakobus an, stört seine Reden und Diskussionen auf den Stufen des Tempels. Jakobus stürzt, hinkt fortan ... Dieser Angriff wurde von der Apostelgeschichte als Steinigung eines gewissen Stephanus eingearbeitet.

Beim zweiten Angriff, diesmal dann tatsächlich eine Steinigung, stirbt Jakobus schließlich, die Jerusalemer Priesterschaft des pharisäisch-sadduzäischen ‚Establishments‘, angeführt vom Hohepriester Ananus, verschwört sich gegen ihn, gegen diesen vollkommen Reinen, Großen, Beliebten, der einem eigenen Festkalender folgte und der sich schärfstens gegen die berüchtigte herodianische Heiratspolitik, die Inzest und römische Statthalter nicht ausschloss, ausspricht und dessen ausdrücklich überlieferter Gerechtigkeitswillen, seine Feinheit, seine Stärke bis in den Tod gingen. Beim Sterben soll er die Hände gen Himmel erhoben und gesprochen haben: *Vergib ihnen, denn sie wissen nicht, was sie tun.* Wie, das hätte eigentlich Jesus gerufen, als er am Kreuz hing? Wie? Nein, es ist ihm in den Mund gelegt worden. So wie man die lebenslange Jungfräulichkeit des Jakobus lieber Maria auferlegte und damit dem Wunder des Lebens, dem Geheimnis des Schoßes einfach den Rücken kehrt. Oder aber die Ernennung des Jakobus zum

Nachfolger Jesu mit der Wahl zur Neubesetzung des Judas-Amtes überklebt. Wie schon gesagt, auslassen kann man im gängigen Bibelkanon nichts, aber verschieben, überschreiben oder austauschen allemal!" Adam trank Wasser. Wildrosentöne vermischten sich auf seinen Wangen.

„Paulus muss sich eigentlich immer ausgeschlossen gefühlt haben, war nie wirklich Mitglied in diesem Club der stolzen, hochpoetischen Wüstenengel, war ihrer mosaischen Speise- und Reinheitsgebote überdrüssig, *der eine glaubt, alles essen zu dürfen, der Schwache aber isst nur Gemüse,* wie er im Brief an die Römer mitteilt. Und natürlich muss es schlimm für ihn gewesen sein, sein ganz persönliches Bild vom Messias zu schaffen, das dann bei den Vertrauten Jesu keine Geltung fand. Und sehen Sie doch nur, sein Spiel mit der Schwäche, wie er sie umstellt, wie er sie allzu geschickt verlegt, diese Fliesen der Religion, *Seelenchirurgie* nennt es Nietzsche. Schwach sind in Paulus' Augen plötzlich diejenigen, die strengen Ordnungen folgen und nicht dem Genuss verfallen.

Alles, was Eisenman will, ist … ist, anhand seiner eigenen, gedachten Gefühle zu zeigen, dass es sich bei einem Teil der Schriftrollen, nämlich dem Endstadium dieser Literatur, die über dem *Lehrer der Gerechtigkeit* zirkulierte, um die Zeit Jesu, des Jakobus, der Herodianer, der Römer handeln muss. Mit *Lügner, Schwätzer* oder *Verwerfer des Gesetzes* muss Paulus gemeint sein, mit *Frevelpriester* der Hohepriester Ananus, mit *Lehrer der Gerechtigkeit* Jakobus.

… *denn du errettetest mich vor dem Eifer der Lügendeuter. Und aus der Gemeinde derer, die glatte Dinge suchen, hast du die Seele des Armen erlöst, den sie vernichten wollten, sein Blut zu vergießen wegen des Dienstes an dir. Nur wissen sie nicht, dass von dir her meine Schritte kommen …*

Wie? Ob Jakobus nun wirklich der Bruder Jesu ist, der leibhaftige Bruder Jesu, der Herrenbruder? Bruder kann bedeuten, biologischer Bruder, ihm also familiär verbunden. Was apokryphe Texte, ja sogar die Apostelgeschichte klar deutlich machen. Bruder kann aber auch bedeuten: vollkommen

Gleichgesinnter. So oder so schließen wir daraus, dass Jakobus ihm *näher* war als andere. Was er tat, dachte, fühlte, glaubte und mied – so muss es auch mit seinem berühmten Bruder gewesen sein. Allein, wenn jemand als der Bruder eines anderen eingeführt wird, dann ist er es auch schlicht. Dass diese Juden nun keinen Menschen *Gott* nennen wollten, liegt an ihrer Mentalität.

Man muss ihre alte, makkabäische Königsgeschichte lesen und verinnerlichen. Diese Menschen, ihr Blut verstehen!

Jesus *ist* der Erlöser und gottschön, aber er war auch Mensch, Mann, Atem, Leben.

Und dann dieser … dieser verborgene, stets alles umschreibende Ton der Rollen, sie nennen niemals jemanden bei seinem Namen, außer Propheten des Alten Testaments. Sie umschreiben alles und jeden, suchen nach Verhaltensbildern, als würden die geschilderten Begebenheiten sowieso nur mit ganz *bestimmten* Figuren in Verbindung gebracht werden können. Und wie Eisenman Thesen und Quellen gegeneinander stellt, zueinander fügt, erhebt und belebt, wie er feinste Geschichte mit feinstem Wissen mit feinsten Begebenheiten mit feinsten Begründungen, die aus dem Leben kommen, zum Zopf flechtet und wie er Jakobus als dieses Bindeglied zwischen dem Judaismus seiner Epoche und dem Christentum wieder hervorholt, diesen, diesen bedeutenden Mann der vierziger, fünfziger und sechziger Jahre des ersten nachchristlichen Jahrhunderts! Und was macht nun Paulus aus diesem orientalischen Geheimnisglauben? Er *stiehlt* ihn, baut noch schnell das Tor zur Beliebigkeit mit ein, und seither zieht sich die Christenheit nur noch allzeit auf *Vergebung, Vergebung* zurück, unterstellt sie immer, setzt sie stets voraus und kann sich darob auch alles erlauben, weil sie ja doch wieder reingewaschen wird, weil es ja die Beichte gibt – aber die Seele *verpflichtet* sie nicht mehr, die Seele wird nicht mehr eingespannt, nicht als *einziger* Weg zur Wahrheit beschritten! Oh, wie ich diese Sündenlehre hasse! Statt Wahrhaftigkeit und Treue nachzuvollziehen, besteht jeder nur noch aus Mitleid für den Schwachen, ja dieser wird zum Leitbild der Menschlichkeit! Statt zu sagen, im Herzen sind wir keine Demokraten, sondern absolute Herrscher der Liebe, werden gerade die Lebensmodelle, die doch außerhalb von uns, außerhalb des Lebens liegen, besungen und nebst dem *einen* Lebensbilde als gleichrangig erklärt. *Irrtum wird zur Pflicht, zur Tugend. Fehlgriff ist Handgriff geworden.* Wieder Nietzsche."

„Nietzsche geht sogar so weit, das alles einen *gefährlichen Unsinn* zu nennen!", warf Daniel ein.

„Ja, unglaublich, dieser Nietzsche, nicht?" Adam schaute Nurit in die Augen, und diese flimmerten im Raub ihrer blendenden Kraft, ja sie raubten ihn!

„Oh, ich liebe doch die Schwachen auch, und wie ich sie liebe. Aber der Begriff muss geklärt werden. Was sehen wir darin? Was verstehen wir darunter? Schwach ist für mich der Kranke, Einsame, vom Leben und von der Zeit Vergessene. Schwach sind die Traurigen, Leidenden, Hungrigen und Durstigen. Schwach sind die Verzweifelten, Hoffnungslosen, Gequälten.

Schwach sind die Stummen, Blinden, vor Schmerzen Vergehenden.

Schwach sind aber *nicht* die Dummen. Schwach sind *nicht* die Hintergeher des Lebens, die sich dann anschließend selbst zweite und dritte und vierte Chancen geben. Schwach sind *nicht* die von sich aus Fehlenden. Schwach sind *nicht* die Berechner und auf die Schönheit ihrer Fehler bauenden Banalen. Wer banal ist, leidet nicht. Wer ohne Herzensernst das Leben betritt und dann versagt, verdient keine Vergebung. Wer das Leben als eine Reihung von Etappen sieht, als Sammelbecken für Fehler, Gescheitertes und selbstverursachte Unseligkeit – und eben nicht die Frische des Seins, die notwendige Stille und Reinheit des Wartens … –", jetzt blickten er und Nurit sich wie Feuer und Feuer an, wie Morgen und Morgen, wie Flügel und Flügel, „– wer das alles nicht heilig erwartet, der ist schon

lange vorher gestorben." Wie ein Teppich gingen seine Wort-
gemälde zu Ende und hatten doch den Raum ausgefüllt, gesegnet und für immer geschmückt. *Was mach ich hier*, dachte er und
sein Herz wuchs und wuchs und wuchs. Noch nie habe ich
zu einer solchen Frau gesprochen, so gesprochen. Mit Lidern,
die so sehr nachsehen, was ich sage, die so sehr nachzeichnen,
was ich vollführe. Noch nie habe ich so sprechen können,
noch nie war das Leben selbst mein Zuhörer.

„Nun, und … schließlich, mit dem, dem Aufstand Jerusalems, der Zerstörung des Tempels, werden die Rollen in ver-
schiedenen Höhlen am Toten Meer versteckt. Gott, was für ein
Augenblick …! Hätte man die blutigen Jahre davor ausgelas-
sen? Hätten die Schriftrollen etwa über *diesen* Zeitraum nicht
berichtet?

Es ist doch ganz einfach und voller Klarheit: Will man
einen Jesus als Dödel, der durch die Wüste zieht und jedem
alles vergibt, keinerlei Differenzierungen mehr innerhalb seiner Empfindung kennt, oder will man einen Jesus, der reich
an Stimmungen, reich an Emphase, reich ebenso an Wut und
darum erst ganzer Besitzer und Spender von wahrer Liebe ist?
Jakobus zeigt uns, wer Jesus war. Seine Ernsthaftigkeit war
auch die Ernsthaftigkeit Jesu. Sein Willen war auch der Willen
Jesu. Seine Hingabe war auch die Hingabe Jesu. Seine Genauigkeit war auch die des Erlösers. Ich *glaube* das …

Denn erst in unserer heutigen Zeit besteht jeder einzeln
in seiner erbärmlichen Einzelheit, unbezogen auf Gleichfüh-
lenden." Adam lehnte sich wieder zurück. Er legte Milla besorgt die Hand auf den Rücken, weil diese verdutzt und mit
offenem Mund durch all diese Momente schaute, die Adam
einer nach dem anderen aufzog, wie Vorhänge.

„Johannes Paul II. stürzte auch …", bemerkte Nurit plötzlich und still.

„Ja. Mehrmals", sagte Adam.

„Warrum nurr?", fragte Milla.

„Na, selbstverständlich wegen Paulus, der diesem Mann überall im Vatikan ein unsichtbares Bein stellte!" Daniel brachte Adam zum Lachen.

„Ich verehre Johannes Paul II. sehr. *Sehr.* Er ist solch ein *Wunder an Rat,* wie Qumran es nennt, ein Wunder aber auch an Freiheit und Schönheit. Sein Leben, seine Worte, sein Handeln sind in der Frische ihrer Begierde nach Liebe unermesslich groß. Was für ein gewaltiger Mann!"

„Das, was Sie erzählen, ist … so übervoll, so wunderschön, was Sie da sagen, Herr Tessdorff …" Nurit konnte ihre Tränen nicht zurückhalten. Sie erhob sich anmutig. „Ich … trete einmal kurz auf die Terrasse … ich komme gleich wieder … gleich wieder." Sie fächelte sich Luft zu, ihr voller Busen barg unermessliche Gefühle.

* * *

Adam nahm Fritz und schritt zu ihr hinaus. Diese Jerusalemer Nacht war rötlich schwarz. Aufgebrachte Wolken waren aneinandergedrängt, trieben weit ins Land hinein.

Nurit stand da, die Arme wie Federflügel dicht an den Körper gedrückt. Adam stand neben ihr. Groß, kerzengerade. Jetzt erst sah man, dass sie zwei Köpfe kleiner war als er.

Der *Cardo* lag offen, wie ihre eigenen Herzen. Sein Säulengang wartete, wie der Eingang ihrer Seelen. Es war schon so spät, dass nicht einmal Touristen zu sehen waren. Nur einige Autos rauschten aus der Ferne.

„Ja, die Liebe hat der Paulus aus dem Orient genommen." Ihr süßer Tonfall brachte Adam zum Schmunzeln. Und wie prächtig war dieser Mann, wenn er schmunzelte, wenn alles Heil und alle Tiefe über sein Gesicht kam, darüber fiel wie Wasser.

„Ihr habt die Vernunft, aber wir … wir haben die Liebe", wiederholte sie. Aus der Wohnung fiel öliges Licht auf sie. Geräusche des Geschirrs.

Adam betrachtete die Linie ihres Profils und war erinnert an ägyptische Grabwächter. Der vorgeschobene Mund, die langen Lider, das Haar, wie aus Atlasseiden hoch oben zusammengesteckt zu einer Krone. Ein verblasster Lippenstift, der diese zitternden Lippen allein in ihrer Lieblichkeit zurückließ.

Sie dachte an seine Verletzung, kniete sich nieder und umfasste sein Bein mit ihren warmen Händen. „Nie wieder soll man Ihnen wehtun … nie wieder … nie wieder!" Sie drückte ihre Wange gegen sein Knie. Adam bat sie aufzustehen, mehrmals – doch sie hielt ihn fest umklammert.

Schließlich zog er sie zu sich hoch, ließ Fritz fallen, ergriff ihr Antlitz, in das er hineinsah wie in sein ganzes Leben.

Oh … wenn alles in den Augen liegt, wenn alles, alles in den Augen liegt.

Und ich habe erkannt, dass Wahrheit dein Mund ist …

Qumran, Loblieder

Arie

Den Rest der Nacht hatte er mit Nurit auf der Terrasse gesessen und auf den Tagesanbruch gewartet. Hier saßen sie noch immer, sie war vor einigen Minuten eingenickt, den Kopf auf seiner Brust, die fest war wie ein Schild.

Adam schloss die Augen vor den Palmen Jerusalems, deren Grün im hohen Licht dieses Morgens gen Himmel zersprang.

In den Vatikanischen Gärten gedeihen ebensolche Palmen. Auch Pinien, Kiefern und Eichen, Zypressen und Zedern. Und er dachte an ein Gespräch zurück …

„Joseph, wenn man mich fragt, wer Er ist, an den ich so innig glaube, was soll ich ihnen sagen, wie soll ich Ihn benennen? Ich weiß es ja, hier drin weiß ich es, aber wie sage ich es den Menschen? Wie spricht man über das, was ist, wie es ist?"

Joseph, der sich mit beiden Armen abgestützt lässig über die Terrasse beugte, schaute auf die sich unterhalb und vor ihnen saftig und glanzvoll reckenden Gärten. Seine von jenen Schattenringen umkreisten Blicke waren so ruhig, so unsagbar geklärt. Das Haar bubenhaft kurz, neckisch. Er trug sein schmales und bis auf den Boden reichendes, zu der Zeit noch schwarzes Gewand. Wenn er durch eine dieser Sternenhallen lief, in seliger Eile, dann schwang es immer schwungvoll mit dem Gang seiner Schritte mit.

Rauschend römischer Sommer umgab sie. Dunkel rochen die Zypressen.

„*Ich bin, der Ich bin* ist nicht einfach nur eine Antwort, Adam. Es ist viel mehr. Es ist sogar eine Abweisung. Es ist die Verweigerung eines Namens, ja Unmut über diese Zudringlichkeit, nach einem Namen zu verlangen, um einen Namen zu bitten. Immer wieder entstand dieses Verlangen, und bedenke die ablehnenden Entgegnungen, etwa *was fragst du nach meinem Namen, wo er doch ein Geheimnis ist … wo er doch wunderbar ist …* Ihn zu benennen, hieße Ihn einzureihen in die Reihe der vielen Götter, die eines Namens bedürfen, die nur Götter-Individuen neben anderen gleichartigen Götter-Individuen in einer göttergetränkten Welt waren. *Gott* aber reiht sich nicht ein.“

Der junge Adam, hochgewachsen, mit laubgrünen Augen, frisch gebräunter Stirn, widderbraunem Haar – lächelte. Das Strahlen, das wie in Sekunden der Allzeit über sein längliches Gesicht rannte und doch stehen blieb, erschien und doch schon immer da war, ließ Joseph für kurz verstummen. Ein Strahlen, das doch irgendwie schon unter seiner Haut glomm, noch bevor es ausbrach.

„Diese größte Namensverweigerung löst gleichsam alles auf, ins Unbekannte, Verborgene. Der Name wird zum Mysterium, Gottes Bekanntsein und sein Unbekanntsein, Gottes Verborgenheit und seine Offenbarung werden einander gleichzeitig. Der Ungreifbare wird als bleibendes Unbekanntsein, Unbenanntsein verdeutlicht. Das Rätsel *ist* die Antwort.“ Josephs Ausdruck war der eines immerfühlenden Menschen, Erkenntnis geradezu genießend.

„*Ich bin … das heißt … Ich bin da.* Der *Gott* für *die Menschen*, die nur wie die Blumen sind, blühen und verdorren. Er aber *ist* und ist damit in allem Werden und Vergehen der Menschen die einzige Beständigkeit, Beständigkeit selbst. Ist der sich selbst Gewährende. Ist der uns in unserer Unbeständigkeit Stand Gebende. Ist damit nicht nur Gott, sondern *unser* Gott.“

„Geliebter Joseph, sag, kann der Mensch nicht *auch* beständig sein. Kann er nicht auch ewig sein?"

Ihr Blick fiel auf einen kleinen Baum, dessen nur zart bewachsene Krone, vom flammenden Sonnenstrahl umflackert, aus der Entfernung wie zu brennen schien …

„Bin ich eingeschlafen?" Nurit regte sich wie ein Schmetterling.

> Denn in deiner Gerechtigkeit hast du mich hingestellt für deinen Bund,
> und ich stützte mich auf deine Wahrheit und du ... setztest mich zum Vater
> für die Söhne der Gnade und als Pfleger für die Männer des Zeichens.
> Sie öffneten den Mund wie ein Säugling ... und wie ein Kind sich ergötzt
> am Busen seiner Pfleger.
>
> Qumran, Loblieder

Rezitativ

Nach einem wunderbar stillen Frühstück mit Milla und Daniel machten sich Nurit und Adam auf den Weg zum *King David*, um von dort aus, nachdem sich Adam ein wenig frisch gemacht hätte, weiter zu Erez zu fahren. Sie gingen durchs Armenische Viertel, vorbei an den Märkten, wo Touristen die beiden so neugierig musterten, diesen großen Kerl in seinem wildseidenen Anzug, den treuen Gehstock bei sich, und diese makkabäische Begleiterin in ihrer fürstlichen Liebenswürdigkeit, wie sie ihn stützte, berührte, *ansah*. Ja, besonders wie sie ihn ansah ...

Sie passierten das Jaffator, wo Daniels Auto stand, und fuhren zum Hotel, was keineswegs mehr weit war, aber die Schmerzen im Bein waren wiedergekommen. Und dennoch, etwas war verändert, etwas an Adams Ungeduld, an seiner Zerrissenheit war fort, war überschwemmt von Sanftheit und Aufgehobenheit. Fast spürte er, wie Nurit diese Verletzung mittrug.

Wie es nicht anders zu erwarten und doch in der Schönheit der vergangenen Stunden verdrängt und vergessen war, wartete Lieb in der Lobby. Adam konnte sich ein Lachen nicht verkneifen.

„Sollten Sie wiessen", Lieb grinste, stand da in frisch gebundener Krawatte, „dass wirr wiessen immerr, wo Sie sind, Herr Tessdorff … Und trrotzdem ich will nicht, dass Sie spielen mit mirr." Liebs Blick fiel auf Nurit. „Shalom."

„Shalom", beeilte sie sich zu sagen, erklärte ihm sehr schnell, sehr kokett einige Dinge und nahm dann stolz und siegreich mit Adam den Fahrstuhl.

„Mein Hebräisch ist nicht sehr gut, aber hast du wirklich so etwas wie *Truthahn* gesagt?"

Nurit zog streng die schwarzen Sichelbrauen hoch. „Aber ja, ich erklärte ihm, dass wir heute unbedingt zu Erez Lindenbaum müssten, ja unbedingt, und dass er entweder mitkommen oder aber nicht so im Weg stehen soll wie ein beleidigter Truthahn!"

Adam lachte sie so voll stürmischer Gefühle an, die nun wieder in ihm aufstiegen, Glück überkam ihn und für immer, für immer wollte er nur noch in diesem Zustand verweilen …

Im Hotelzimmer angekommen, setzte er sich zunächst aufs Bett und warf sich dann einfach nach hinten. Was war das für eine *neue* Erschöpfung, so silbrig und einfach und gut.

„Du hast ja kaum etwas dabei", bemerkte Nurit, als sie einen Blick in seine Reisetasche warf, die noch unausgepackt neben dem Schrank stand. „Am besten, mein Vater leiht dir etwas." Sie nahm die zerschnittene Hose, die voll vertrocknetem Blut war, aus der Tasche heraus. Ihre Augen wurden traurig.

„Nicht doch, komm her … komm her und setz dich zu mir!" Sie folgte ihm, legte sich zu ihm, strich mit den Fingerkuppen über sein Brusthaar.

„Sind es viele weiße Härchen? Ich bin eben schon ein alter Mann!"

„Du bist genau richtig …" Sie legte sich wie eine Sphinx über seinen Bauch.

Er streichelte ihre Wangen, ihr Haar, das noch immer hochgesteckt war. „Mach es auf", bat er.

„Was?"

„Öffne dein Haar für mich."

Sie zog im Liegen die Spange heraus und die langen Wellen fielen, fielen wie die Noten in Mozarts Klavierkonzert Nr. 18, ebenso, in dieser fröhlichen Schwärze, fielen alle Instrumente mit einem Mal ein, schwer und doch schwebend, nachdem zuvor einzelne Klänge sie gelockt, sie erweckt hatten.

Wie ist das nur, fragte sich Adam, ich kenne dieses Gefühl, diese Schönheit des Gefühls, ich kenne es, es ist, als ob ich sie, ihre Augen, ihre Gestalt *wiedererkenne*, aus allen Träumen meiner Zeiten, *wiederfinde*, und überhaupt, was mich da innerlich erstrahlen, die Seele zur Sonne werden lässt, auch die habe ich doch vorher ersehnt, geahnt, so sehr gewollt, und nun brennt es in mir wie in allen Sommern, und liegen darin nicht doch alle Jahreszeiten, in diesem Sommer der Liebe, ist nicht damit der Frühling auch ernst und der Winter ebenso leicht und ist nicht der Herbst dann ebenso verliebt, und ist nicht gerade jetzt alles da und wechselt sich die Liebe nicht mit Verliebtheit ab, ohne Vorrang und ohne Unterschied zueinander, ewig nebeneinander?

„Lass, ich will mich nicht umziehen. Bleib einfach eine Weile hier bei mir liegen …" Adam zog sie ganz nah zu sich heran. „Du duftest nach … Trauben."

„Und du nach … Erde." Sie lächelte in sich hinein, fast beschämt.

„Du bist sehr schön, Nurit, sehr schön."

„Deine *Augen* sind schön, dass du es siehst."

„Dein Haar ist so schwarz, bei Gott, so schwarz!" Er fuhr mit seiner Hand durch die Wellen, wir durch das Meer.

„Für *dich*", sagte sie und sah ihm in die Augen, ins weiche Grün seiner ruhigen Linsen hinein.

„Wo ist das Qumran-Kästchen?"

„In meinem Jackett."

„Du darfst es doch nicht einfach so mit dir herumtragen!"

Adam lächelte nur, als höre er ihr gar nicht zu.

„Adam Tessdorff!"

Er lächelte weiter.

„Das ist gefährlich, stell dir vor, jemand stiehlt es dir, was dann? Oh … nicht auszudenken!"

Adam aber drückte ihren herrlichen Kopf zu sich herunter, spürte die Hitze ihrer Lippen, noch bevor sie ihn berührten, und auch sein eigener Mund brannte im Feuer des langersehnten Lebens. Berauschend wilde Blitze durchzuckten ihn. Die Stille dieser Sekunden ist unbeschreiblich. Vielleicht vergleichbar mit unhörbaren Winden, vielleicht dem schweigenden Klang des Alls ähnelnd, wo Sterne aneinander vorbeirauschen und Welten sich über Welten legen und alles ewig ist und neu und doch schon immer.

* * *

Adam wusch sich das Gesicht mit kaltem Wasser, schaute in den Spiegel seines Hotelbadezimmers und erblickte eine solch fühlbare, grenzenlose, ja weiche Freiheit in seinem Gesicht, dass er erstaunte. Er rasierte sich, kämmte das braun-gräuliche Haar, wie er es gern tat, nach hinten und fuhr immer wieder zusammen, wenn ein Geräusch aus dem Nebenzimmer kam. Nurit, einen Menschen, diese *Frau* so selbstverständlich bei sich, um sich zu haben – das war sehr ungewohnt.

Er trat zu ihr ins Zimmer, sofort sah sie ihn erwartungsvoll an. Scheu und doch so *liebend*. Er ging zu ihr, sich fest auf Fritz stützend. „Das ist ein hübscher Gehstock", bemerkte sie verlegen und doch sinnlich.

„Er ist von hier", sagte Adam. *Sollten Sie wiessen, dass wirr wiessen immerr, wo Sie sind, Herr Tessdorff* … Liebs Satz fiel Adam wieder ein. Während Nurit den prächtigen Hundekopf streichelte, griff Adam plötzlich danach und versuchte, den Knauf abzuschrauben. Als es ihm gelang, steckte darin tatsächlich ein Peilsender.

„Lass ihn doch lieber drin", bat Nurit fast besorgt. „Er will dich doch nur schützen."

Adam legte ihn wieder hinein und schraubte Fritz wieder an den Stock.

*

Erez Lindenbaum lebte nicht weit vom Hotel, ganz in der Nähe des *Mamilla*-Friedhofs in einer Gegend mit besonderen Häusern. Als sie im Auto am Friedhof entlangfuhren, bat Adam Nurit anzuhalten. Eine kleine Menschenmenge hatte sich davor versammelt und sie schien sehr aufgebracht.

„Das ist wegen des Museumsbaus", erklärte sie.

„Diesem Museum für Toleranz und Menschenwürde?"

„Ja. Hier werden jahrhundertealte islamische Gräber einfach verlegt."

„Aber … aber das ist doch furchtbar! Das darf nicht sein!"

„Das ist alles schon entschieden, das Museum wird gebaut. Die Gräber müssen verlegt werden. So hässlich das auch klingen mag, es ist entschieden."

„Was soll das heißen, *entschieden?* Das geht doch nicht! Liegen hier nicht sogar Gräber von Mohammeds Gefährten? Und, und überhaupt sehr alte islamische Familien, und … und Gelehrte und Dichter, nein, das geht doch einfach nicht!"

Ein Junge von vielleicht sechzehn Jahren entfernte sich von der kleinen Menge, als er sah, wie Nurit und Adam hielten. Er lief auf sie zu.

„Just look what they are doing! What they are doing with our ancestors?" Adam war erschrocken über seine Heftigkeit, er war in der Tat sehr jung, aus der Nähe gesehen womöglich sogar erst fünfzehn.

„You were up to date long time ago, weren't you?", entgegnete Nurit wie eine große *Schwester*. Adam legte seine Hand auf ihren Schenkel, als wolle er sie zurückhalten.

Er wandte sich ganz dem jungen Muslim zu. „Come and help me!", bat er ihn und der Junge war um sein Aussteigen bemüht, als seien sie verwandt. In der Heftigkeit seines jungen Wesens lag doch zugleich so viel Hinwendung und Reife.

„Are your ancestors buried here?", fragte ihn Adam und ging ein paar Schritte mit ihm auf den Friedhof zu.

„Yes, a great-great-grandfather! It's a shame! Look at us, we are only like twenty people or so, that's not enough! But people are sick of defending themselves! They are all so … tired."

Adam sah ihn an. Der Junge war groß, schlank und seine Haut war rein und gepflegt, die Nase thronte in dem Gesicht, sie war fein, ein wenig kräftig. Er trug saubere Kleidung, nicht teuer, das sah man, aber an ihm wirkte sie elegant. Man erahnte sofort den vornehmen Familienhintergrund.

Vor dem versperrten Eingang des Friedhofs tummelten sich einige israelische Soldaten und die palästinensischen Demonstranten. Immer wieder redeten sie auf die Polizisten ein, aber nichts schien den Gang der Dinge unterbrechen zu können. Mehrere Bagger waren schon dabei, die Böden umzugraben. Man konnte prachtvolle Grabplatten auf dem Gelände erkennen, in geschwungenen arabischen Buchstaben, teils zerbrochen, teils unversehrt. Mausoleen, Familiengräber, schönste Steinverzierungen.

Der junge Muslim geriet wieder außer sich, als er dabei zusah. „The remains of our ancestors are treated like rubbish! And … and they are treasured in … plastic bags, before they are buried again. Ha, this is indeed too painfull – graves, that are buried *again*! How disgusting!"

Adam fühlte eine Unruhe im Herzen, als er dies alles beobachtete. Es hatte wahrlich etwas Erniedrigendes für den Jungen, etwas sehr Trauriges. Er schien geradezu glücklich, auf Adam getroffen zu sein.

„And best of all, it's all in good cause! Ha, a *Museum for tolerance and human dignity!*" Der Junge tat eine überschwängliche

Geste. „Human dignity? This is grave desecration! Nothing else! It is hate and fear and blood, nothing else. Ha, human dignity, don't make me laugh!"

Adam fasste ihn an die Schulter, fest und wärmend. Die dunkelbraunen Mandelaugen des Jungen schauten lange und sanft, verträumt und entschlossen. Dann stellte er sich vor, fast fröhlich, aber nicht den Ernst der Sache verlierend. „I am Tamim!"

Adam schüttelte seine Hand. „I am Adam ... and my heart ... bleeds for you."

Tamim begann zu strahlen. „Oh thank you, Mister Adam, thank you! You are so kind ... standing here with me ... listening to me. You know, I have seen it already, I have seen your heart already, when you were sitting there in the car and looking to us, as if you were deeply grieved. I thought, this man is a good man, is a *beautiful* man."

„I am so sorry, Tamim, I must go now – but I wish you ... wish you a calm mind."

„Thank you, Mister Adam! Inshallah!", rief ihm Tamim nach, der dem Auto noch lange nachschaute.

Im Wagen wirkte Nurit aufgebracht. „Es ist eben alles so verdorben hier, alle sind gegeneinander, alle hassen sich! Denkst du, mich macht das nicht traurig? Ich finde es auch schrecklich, dass sie gleich einen ganzen Friedhof umverlegen müssen, das ist sogar unbeschreiblich peinlich für uns Juden, für ein Museum der Menschenwürde noch dazu, was es noch peinlicher macht. Aber was soll man tun? Es ist verdorben, hier ist alles verdorben. Glaub mir."

Adam schmunzelte einmal wieder über diese süße, stolze Wut, die doch eigentlich nur all ihre Liebe zu den Menschen verriet, und er schwieg, bis sie angekommen waren.

*

Erez Lindenbaums Haus war ein Erich-Mendelsohn-Bau mit langen Fensterreihen, Steinfassade und einem großen Garten und Blick auf die Altstadtmauer, auf dieses *offene*, wandlose Jerusalem. Die Architektur war so gutmütig modern, so bemüht und im Grunde, als wolle Mendelsohn das Neue Bauen nicht im Stich lassen, als kümmere er sich darum, als sorge er dafür, dass es anständig stattfände. Darum war es so angenehm, einem stieß keine Bauhaus-aufdringlichkeit entgegen, kein Manifest und auch keine lebensfeindliche Funktionalität, sondern eine weiche Verantwortung, die Mendelsohn künstlerisch übernahm.

Erez öffnete selbst, Nurit fiel ihm um den Hals und Adam konnte einen kurzen Blick auf ihn werfen. Erez war kleiner von Wuchs, rundlich. Italienisch küstenhaft gekleidet, etwas Heiteres umgab ihn, aber etwas entfernte ihn auch wieder von einem … Adam, der um die Hälfte größer war, neigte sich leicht zu ihm herab. Erez begrüßte ihn wortlos, nickte nur immer wieder, lächelte aber nicht. Er schritt vorneweg, Nurit an der Hand, über den Gang, von dem aus eine Treppe ins zweite Geschoss führte, hin ins große Wohnzimmer. Die Jalousien waren überall herabgelassen.

Die Möbel standen einzeln herum, wie stumme Gedichte, aber fein und verlassen. Nurit warf ihre Tasche auf das Sofa und ging in die Küche, um Getränke zu holen.

Erez bat Adam sich zu setzen und setzte sich auch selbst, sodass er diesen großen Deutschen einmal genauer ansehen konnte, was er dann auch für die nächsten Minuten ausgiebig tat.

„Es ist jetzt sehr heiß in Jeruschalaijm, für Sie natürlich: in J e r u s a l e m." Erez schüttelte seinen Kragen.

„Ja, wirklich sehr heiß", fand auch Adam.

Erez guckte ihn weiterhin aus einer beinah abgeneigten Neugier heraus an. Fritz lehnte neben dem Gast, dessen Knie beim Sitzen stark hervortrat. Dennoch verlor Erez kein Wort des Bedauerns, obschon er ganz genau erzählt bekommen hatte, was mit Adam geschehen war und warum Adam hier war.

Adam sah sich um. Einige Kisten standen herum.

„Stören Sie sich bitte nicht an der Unordnung."

„Oh nein, ganz und gar nicht", versicherte Adam.

Nurit kam mit Wasser und Obst. „Das wird uns gut tun", sagte sie, reichte an und setzte sich.

Erez schien sie sehr zu lieben, wie sein eigenes Kind liebte er sie, so sehr, dass seine Augen immer wässrig wurden, wenn er sie bei sich hatte. Sein Gesicht war ernsthaft bleich, kränklich bleich, und er schien allzu geschwächt, im *Innern* geschwächt …

„Ich mag Ihr Haus", begann Adam.

„So", bemerkte Erez und trank einen Schluck von der Brause.

„Ja, es ist so *gelassen*."

„Was Sie nicht sagen."

Adam räusperte sich.

„Haben Sie auch ein Haus?", fragte Erez.

„Ja, hab ich. Aber es ist … anders."

„Anders?"

„Ja."

„Wie anders?"

„Es ist … zarter."

„So, *zarter* …"

„Ja."

„Passt doch aber gar nicht zu Ihnen, ich meine, wenn ich Sie mir einmal so recht ansehe … Sie hingegen in einer gut geschnittenen *Uniform* … ja, doch, das würde schon eher passen."

„Erez … bitte …" Nurit wurde traurig.

Selbstverständlich wurde Erez auf die Blicke aufmerksam, die Nurit und Adam austauschten. Diese Blicke waren so rein und frisch, so eindeutig.

„Also, wofür interessieren Sie sich so? Kunst, sammeln Sie Kunst?"

„Oh nein, nein! Ich habe schon von Ihrer besonderen Sammlung gehört, das ist nun wirklich wundervoll, ich besitze solche Kostbarkeiten nicht. Das heißt, ich hab sie verkauft, von dem Klimt lebe ich sozusagen." Adam musste lachen.

„Sie haben einen *Klimt* verkauft?!"

„Ja." Adam fand nichts Schlimmes dabei.

Erez rollte mit den Augen.

„Sehen Sie, Ihre Sammlung, das sind wirklich Große. Die, die meine Familie besaß, haben mich nur genervt."

„Und was interessiert Sie sonst?", wollte Erez wissen, noch immer zornig verwundert.

„Nun, ich … ich bin am *Leben*. Das ist Beschäftigung genug für mich."

„Ja, das sagen die Orthodoxen hier auch, und dabei liegen die nur auf der faulen Haut herum, heucheln tiefes Gottesstudium und wollen bloß nicht arbeiten gehen und Steuern zahlen! Sind böswillig und in ihren Gesetzen gefangen!"

Adam fand das komisch. „So weit ist es noch nicht mit mir."

„Aber was interessiert Sie denn nun?"

Adam dachte nach. „Ich … liebe Geschichte, wenn Sie das meinen."

„Geschichte?"

„Ja, alte Geschichte, *sehr* alte Geschichte fasziniert mich."

„Was verstehen Sie denn unter *sehr* alter Geschichte?"

„Ägypten vielleicht?", warf Nurit ein.

„Ja, auch. Eben Menschengeschichte. Geschichte, die wegen ihrer ungebrochenen Tiefe und Schönheit und Dauer so *ungemacht* ist, dass sie noch gar keine Geschichte in dem Sinne ist, sondern irgendwie die Zeit vor der Zeit …"

Erez lauschte. „Die Geschichte der Menschlichkeit, was?"

„Ja, die *Geschichte der Menschlichkeit*", wiederholte Adam andächtig und seine grünen Augen schlossen sich für eine Weile, um den Klang der Wahrheit dieser Worte – ganz in sich aufzunehmen.

*

„Wollen Sie meine Sammlung sehen? Und mein Geschenk für Nurit-Liebling?"

„Es wäre mir eine Ehre!", antwortete Adam und sie erhoben sich. Adam aber gab einen Schmerzensruf von sich, das Knie meldete sich wieder. „Es ist nur … es ist nichts." Er stützte sich auf seinen treuen Fritz, Nurit nahm seine Hand und sie folgten Erez.

„Das waren eigentlich Leihgaben an die Nationalgalerie, halbe Geschenke, aber als wir Berlin verließen, damals, kurz vor 1933 zogen wir sie ab, mein Vater brachte sie mit hierher. Warum sollten wir sie auch dort lassen? Und heute ist Berlin ja schon sehr prächtig und überzeugend *besetzt*, was das betrifft, und zu diesen Zeiten elender Unterstellungen will ich mir nicht *auch* noch vorwerfen lassen, die Judenkarte zu ziehen."

Wie ein Pfau öffnete er die gusseiserne Flügeltür eines kleinen Oberlichtsaals im oberen Geschoss. Die Wände waren in Pastellgelb gestrichen. Ein schmales dunkelgrünes Sofa zeigte auf die Prunkwerke.

„Ist das aus seiner Blauen Periode? Das ist ja einfach ein Traum!" Adam erkannte sofort einen kleinen Picasso, ein erschrockenes Porträt, versunken in unberechenbarem Blau. „Das ist wie das Blau von Chartres …wie ein wild gewordenes Kirchenfenster!" Er neigte den Kopf. „Was für ein Blau! Alle Welt spricht immer über seine Werkphasen, Begriffe über Begriffe, vor lauter Begriffen sind die Menschen schon gefühllos geworden, niemand spricht wirklich über dieses Blau … dieses Blau … fast urzeitlich, eiszeitlich. Kein vertrautes Blau und doch zusammengemischt aus allen Reizen, wie die Farbe der Ungeduld."

„Die Farbe der Ungeduld?", fragte Erez und legte die Stirn in Falten. Die drei setzten sich nacheinander auf das Sofa, Nurit in die Mitte.

„Ja, die Farbe der Ungeduld! Das Nichterwartenkönnen der Liebe, das Nichterwartenkönnen der eigenen Ahnung vor dem eigenen Schaffen, das Nichterwartenkönnen Gottes, der allein dann diktiert und dirigiert und solch ein Fließen von Schmerzschönheit einhaucht und beginnen, aber niemals, niemals enden lässt!"

Über Adams Worte war Erez so entflammt, dass er ein paar Mal vor sich hin brummte, dann jedoch streng und rührend von ihm verlangte, über das nächste Gemälde zu sprechen.

„Aber … aber das ist ja ein Goya! Und was für einer! Und wie sich die Kreaturen seines Geistes über ihm ausbreiten, als hätten seine Träume schwarze Leichenflügel!" Adam beugte sich vor.

„Und wie er sich fürchtet vor ihnen!", rief Erez.

„Und all die über ihm flatternden Dämonen!" Adam tat eine Bewegung, als greife er danach.

„Gekrochen aus ihm selbst!", kam es aus Erez.

„All die Hast, die große Trauer, die ihn reitet! Ja, seine Seele …" Adam hielt an.

„ … muss eine Gruft gewesen sein!" Erez fasste sich an die Brust.

Es wurde ganz still. Nurit saß reglos zwischen ihnen, den kleinen Mund leicht geöffnet. Man hörte sie atmen. Ihr Schmuck, all die bunten Edelsteine, funkelten im Licht des Raumes wie ein Farbgewitter.

„Slevogt." Adams Stimme wurde ruhig, als er den Holzstich besprach. „Kaum einen liebe ich so sehr wie ihn. *Don Giovanni*. Das ist Don Giovanni, wie er … wie er *Zerlina* entdeckt, sie zum Tanz bittet, ihr Kinn berührt, ihr Dekolletee erblickt, als lägen darin die einzigen Gesetze seines Seins."

„Darin *liegen* die einzigen Gesetze des Seins", flüsterte Erez.

„Sie, Zerlina, ist ganz im Taumel dieses Mannes, der so groß ist, dessen Fleisch so betäubend auf sie wirkt. Er will sie … trinken … will sie so schnell wie möglich …"

„ … in seinen Leib verbannen!"

„Doch dann bricht ein Gesang aus … oh, ein solcher Gesang … *Là ci darem la mano …*"

„*Vorrei e non vorrei!*", übernahm Erez.

„Ja, sie erheben sich gegenseitig in die Lebenshimmelfahrt! Das ist plötzlicher Übergang in unerwartete Seligkeit, in Freiheit und in eine Zärtlichkeit, die so erlösend, so hell ist, dass der ganze Kosmos, im prächtigen Gang seiner Dinge, nur noch dieser letztlich *einzigen* Musik folgt!"

Adam schloss die Augen. Immer wieder dieser in allen Nuancen des Fühlens aufblühende Beweis Gottes, in diesem Lied, zwischen diesen beiden Menschen, Don Giovanni und Zerlina, Adam und Eva, Licht und Licht, Liebe und Liebe!

„Für diesen einen Augenblick, für dieses Lied ist alle Furcht von *Zerlina* los und auch er, *Don Giovanni*, ist Schwan geworden, für dieses Lied, für dieses Lebensgebet. Mozart kommt mit einem Mal so *wunderschön* daher, so außerhalb des überhaupt noch Vorstellbaren, so überlegen an Liebe, oh, so überlegen!"

Adams Herz stand in Glut und Brand.

Und Nurit weinte.

Erez auch. Aber auf eine zauberhaft unsichtbare Weise!

*

Und dann stand da dieser Rodin. Stand einfach am Ende des Raumes. Ein sehr kleiner, schmächtiger Rodin, aber ein Rodin. Verschwiegen. Blass. Umgeben von diesem ihm so eigenen Rodinflaum, diesem schneeweiß matten Schimmern seiner schwebenden Modellierung.

Alle drei schritten darauf zu, umstellten es wie eine heilige Wache.

Hauchten Mann und Frau sich da gegenseitig ins Leben? Zog er sie aus dem Urgrund der Schöpfung heraus, so wie sie ihn? Wie hatte Rodin das Gestein gezähmt und wie befolgte es doch seine Phantasie.

Nurit schaute auf zu Adam, wie hoch zum Himmel.

„Und was sagen Sie hierzu, Adam?" Erez rieb sich die Brust, schaute aber stolz.

Adam schmunzelte, je mehr Nurit schmunzelte – lächelte, je mehr sie lächelte – lachte, je mehr sie lachte, und strahlte, als auch sie strahlte! Lippen, so abhängig von den Lippen des anderen, so gierig nach des andern Mundes Regung.

*

„Nanu!" Erez stand an der langen Fensterreihe und sah nach draußen. „Was wollen die denn da?"

Draußen, dicht an Daniels kleinem Mini, standen zwei Männer in Sonnenbrillen und musterten die Gegend.

„Das ist wegen mir. Sind Polizisten. Es ist wegen dem … Anschlag." Adam stellte sich zu ihm ans Fenster.

Wie als stünde niemand vor dem Haus, reichten ihre Blicke weit über die dicht bewohnten Hänge hinweg, zum schweren Kern der Stadt.

„Wenn Sie sich all das wegdenken, diese ganze Schicht aus Blut, Kampf, Tod und abermals Blut und Blut und Blut … unter all den Steinen und Mauern, unter all den Häusern und Wegen – da liegt das wahre Jeruschalajm!" Wieder rieb sich Erez die Brust. Er kniff die Augen zusammen.

„Haben Sie schlimme Schmerzen?", fragte Adam.

Nurit lehnte an der Tür. Ihre glasigen Augen waren beunruhigt.

„Haben Sie auch einen Garten, da, wo Sie so zart wohnen?"

„Ja", sagte Adam, „am Ufer der Donau liegen alle meine Gärten."

„Darum sind Sie auch so gebräunt!", fand Erez.

„Sie aber auch!", erwiderte Adam.

„Nun ja, ich sonne mich gerne mal. Außerdem: lieber außen braun als innen."

Die beiden brachen in langes, langes Lachen aus.

Traurig, thronend.

*

„Leben Sie wohl!" Erez reichte Adam beim Abschied die Hand. Adam aber legte seine Hände auf dessen Brust, legte sie auf ihr nieder wie ein ausruhender Vogel. Diese Hände waren scheu und *doch* fest, rau und stark, und es war Erez, als würde er *aufgefangen*, aus hohem Flug, aus tiefem Sturz − brach etwas für kurz alles ab.

Wärme durchdrang ihn.

Ein streichendes Vergessen kam und mit ihm alle Erinnerung. Ein Streicheln zog sich durch seine Glieder.

Drachen seiner bernsteinernen Kindheit stiegen in ihm auf, angetrieben vom Wind seines eigenen Atems.

Was war das? Was war das nur? Kein Schmerz lag in diesen Sekunden. Kein Schmerz. Er war wie körperlos in diesen Sekunden. War frei. Frei von Qual.

Und du wirst sein wie ein Löwe …

Qumran, Gemeinschaftsregel

Duett

Nun also stand der Rodin in Nurits Wohnung. Einer ziemlich kleinen Wohnung nahe den Eltern, mit Blick auf die Gassen. In Jerusalems eigentlichem Stadtkern waren solch maßvolle Zimmer das eigentliche Bild des Wohnens, auch wenn Nurits Eltern zu den Wohlhabenderen zählten, die viel von ihrem Geld in den Wiederaufbau und die Pflege des Jüdischen Viertels gesteckt hatten. Es war hier nun einmal so, man wohnte einfacher, aber in dieser Einfachheit, in dieser zeitlichen Aufgelöstheit und Anspannung lag ein solch natürliches Herkommen, das in der Stadt selbst lag – wie es nur mit Venedig zu vergleichen ist, wo ebenso alles Ausnahme, Erhöhung, Traurigkeit und entsetzlich schön ist.

Es war früher Abend, als sie eintraten. Ein oder zwei Stunden hatten sie mit Einkäufen verbracht, Nurit hatte Adam einige neue Hemden ausgesucht sowie Hosen und Unterwäsche. Sie wählte nicht lang aus, sondern griff nach einer edlen Farbe oder einem sinnlich sommerlichen Stoff und fühlte dann, zwischen ihren Fingern, ob es ihr gefiel. Und ihr Geschmack war ebenso einfach und kostbar, dass Adam sich entspannt und leicht zurücklehnte, während er sie beim Aussuchen beobachtete und immer wieder in Zweifel darüber geriet, ob er nicht doch träume.

In der Wohnung dann packte sie alles aus und betrachtete es abermals. Sie war so *glücklich* anzuschauen, und in diesem Glücklichsein lag Müdigkeit vor dem schon Gefühlten, in dieser Müdigkeit lag so viel Wachsein, darin wiederum Zerstreutheit und darin eine ganz neue Form der *Genauigkeit*, die schmerzlich genau war. Ja, ganz recht – *schmerzlich*. Denn mit einem Male schien doch *alles* an *einem* Wort zu hängen, *alles* an *einem* Blick zu liegen und *alles, alles* sich vor der Zeit, vor Gott, vor all seinen Engeln, vor der ganzen Galaxie abzuspielen. Ein Zustand, der zuvor nie notwendig gewesen war in ihrem Leben, etwas ganz und gar Ungefühltes. Aber eben etwas, das künftig nicht mehr wegzudenken war, ihre Seele ruhelos verfolgen würde, denn eben so ist die Genauigkeit, die nicht von uns lässt. Wenn das Herz abwägt, wenn es zum Richter wird … ja, dann erst *lieben* wir.

Noch nie war sie so ernst, so gefasst, so *erfasst*.

Adam, auch er war sehr erschöpft, sah sich um. Überall lagen Sommerkleider herum, schöne Schuhe, Schmuck und Tücher. Sie hatte nicht viele Sachen, einige Kommoden, einen schönen großen Esstisch, einen Fernseher, Zeitschriften, Bücher. Das war alles, doch alles war dunkel beglänzt von ihrer Anwesenheit, alles *betörte* ihn. *Wie mein Herz schlägt*, dachte er. Wie es schlagen *kann*! In denselben Schwüngen des Todes, in derselben Ganzheit – doch nunmehr von Blumen aller Art beschaukelt und umwachsen! Da waren sie, die Rosen! Da waren sie! Ja … jetzt kamen sie … jetzt roch er sie … strich durch sie hindurch.

Sie standen am Esstisch, einem massiven Eichentisch, auf dem Rodin fürs Erste thronen konnte, und schauten sich an. Keiner brachte recht ein Wort heraus.

Adam legte das Qumran-Kästchen dazu.

Es war, als würden die Gedanken fühlen und die Gefühle *noch* mehr fühlen!

„Ich werde uns etwas Kleines kochen. Ich … ich kann sehr gut kochen, sehr gut sogar! Ich koche oft für … für meine Familie." Sie zog Adam in die klitzekleine Küche und legte sich eine Schürze um das Leinenkleid, hier setzte er sich an den winzigen Tisch in der Ecke.

„Das heißt, ich werde mich vielleicht noch einmal um-ziehen ... ich trage dieses Kleid ja nun schon zwei Tage!", nahm die Schürze wieder vom Leib und warf sie über den Stuhl. „Ich ... ich bin gleich wieder da, gehe mich nur schnell umziehen!" Sie lief aus der Küche, und wenige Sekunden spä-ter vernahm Adam das Rauschen der Dusche, das wie das Rau-schen des Regens über seinen brennenden Geist fiel.

Er nahm sich Wasser. Trank.

Das Rauschen erfüllte die Räume.

Er trank noch einen Schluck und noch einen Schluck.

Stand auf.

Setzte sich wieder.

Stand wieder auf.

Er stellte sich vor, *wie* sie sich wusch, musste schlucken, seine Kehle schnürte sich wie im Knoten zu, er rang nach Luft, setzte sich wieder. Verlegen musterte er die vielen Gewürze über dem Herd.

Dann wurde es still.

Sie erschien im Bademantel, das Haar mit einem weißen Handtuch zum Turban gewickelt, und fast schon außer sich fragte sie: „Ja, hast du denn überhaupt etwas zu trinken?"

Adam sah sie an. Ihre Haut glänzte klar, der Staub der Altstadt war wie weggeschwemmt, jetzt trat das Hellste hervor, eben und weich.

„Adam?"

„Äh, ja! Ich ... habe hier ... Wasser!"

Sie trat näher.

Noch waren alle Lichter in der Wohnung aus. Das bedrän-gende Dämmersilber des Abends umschwirrte sie. Sie stand aufrecht vor ihm.

Er rührte sich nicht, *konnte* sich nicht rühren. Süßeste, grausamste Unbeweglichkeit überall am Körper! Gefesselt und doch fliegend ...

So sitzend hob er den Kopf, schaute hoch.

Sie nahm seine Hand, küsste sie. „Dann ist ja gut …“, flüsterte sie und verschwand wieder.

Und er blieb zurück, in dieser Ecke, auf diesem Stuhl, er, Adam Tessdorff, der nicht mehr atmen, der nicht mehr sprechen konnte! Der Hals tat weh, das Herz schlug gegen die Brustdecke, kalte Hände, heiße Finger!

In ihm zog Wind durch, die Seele war offen, all ihre Fenster aufgerissen! Er schloss die Augen. Mozarts *Donna Elvira* sang, sang ihre großen Arien ohnmächtigster Empörung, so flehend und auf dem höchsten Traum der Wirklichkeit, sang sie ihre unverstellte Weiblichkeit!

Nurit kam zurück, barfuß, das schulterlange Haar noch nass hochgesteckt, in einem Kleid aus dunklem Purpur. Ihn verzückte dieser Anblick, dieser Rücken und dieser Nacken, der ihr Antlitz beinah erhob, ihre ganze Haltung bestimmte, als trüge sie unsichtbare Kronen.

Er saß seitlich hinter ihr, saß wortlos da, seine Blicke waren nur auf sie gerichtet, wie sie Licht machte, nochmals die Schürze anlegte, um die Hüften wickelte und am Bauch wieder zusammenband.

Sie nahm einen Topf und goss Öl hinein. Dann briet sie Zwiebeln und Tomaten an.

„Fisch? Ich koche viel Fisch, ich liebe Fisch. Du auch?“

„Ja.“

„Aber hier in Jerusalem isst jeder viel Fisch, und zwar schon immer!“

„Ja, das stimmt.“

„Unsere Vorfahren waren gewiss einmal alle Fischer gewesen.“

„Ja, das waren sie sogar gewiss.“

„Hast du noch zu trinken?“

„Ja.“

„Du musst schrecklich hungrig sein!“

„Ja, das bin ich.“

Sie legte zwei schöne Fische mit in die Pfanne. Lorbeer und Oliven folgten.

„Magst du zum Essen Brause?"

„Ja."

„Ich brauche keinen Wein, weißt du. Erstens trinke ich nie, zweitens ist es viel zu warm, drittens, was sollte *uns* steigern, wenn nicht wir uns selbst?"

„Brause klingt sehr gut."

„Hier ist auch noch Brot von Mami, selbstgebacken."

„Wunderbar."

Inmitten all des Essens drang ihr Duft, die Fröhlichkeit ihrer Haut zu ihm durch.

„Magst du Musik hören?"

„Nein …"

Sie wandte sich ihm zu, drehte ihren Körper wie eine Gazelle. „Bist du glücklich, hier zu sein?"

Adam, der zwar sichtlich ziemlich lässig dasaß, innerlich aber bunte Stürme ineinandergreifen spürte, schwieg. Schwieg und schwieg. Und dann, schluckend, zitternd: „Ich war noch nie glücklicher, Nurit Seeliger."

Ihre tiefen, tiefsten Augen, diese Hieroglyphen, von den orientalischen Lidern gefasst wie Brillanten, gingen unter in zartesten Tränen, die aufstiegen und fielen. Ihren Namen aus *seinem* Munde zu hören, rüttelte an ihr, schüttelte sie, bestürmte und zerdrückte sie vor Liebe. Das war nun kein Name mehr, nein. Aus seinem Mund war es Wahrheit. Gesang. Horizont. Aus seinem Mund war es die Welt, die ganze Welt.

Sie rührte wieder in der Pfanne und Tränen fielen auf den Fisch.

*

Sie setzten sich zu Rodin und dem Kästchen. Aus der Küche kam verschwimmendes Licht.

Blaue Nachtschatten wichen nicht von ihnen.

Sahen einander an, die ganze Zeit.

Ja, wenn alles in den Augen liegt, worauf dann warten? Die Menschen der Welt sehen nicht mehr das Herz, schauen nicht mehr die Blicke, hören nicht mehr das Beben, das sich anschleicht und ausbricht und aus dem Innersten der Schöpfung zu ihnen durchdringt, würden sie nur ebenso genau sehen, schauen und hören wie diese beiden Menschen, wie dieser Mann und diese Frau, ja, dann würden auch sie die Ordnung begreifen, die hinter allem steckt, die sie beschützt und formt und sie das Unbestimmte erschließen lässt, sie wahr und klug und Liebe werden lässt …

Würden wir nicht alle ewig sein, würden wir unerschöpflich und rein lieben? Und ja, *rein* muss es sein, einzig für einen einzigen Menschen gedacht, der allein unsere Bestimmung ist, zu unserem Weg wird, uns leitet und einfängt, wie der wilde Sommernachmittag den Schmetterling? War nicht Adam diese verpuppte, scheinbar dem Tod gehorchende Raupe … die dann, in der Plötzlichkeit aller Zärtlichkeiten, zum Festfalter aufsteigt, aufersteht, in Nurit?

Allein, dies sind Zeilen eines *wirklichen* Lebens, gelebter Augenblicke und bereits zum großen Immer unterwegs! Sie sind kein Wunsch, kein Traum, sondern das Maß der Fülle des Menschen und seiner eigentlichen Wirklichkeit – Liebe.

Ihre Fingerkuppen näherten sich einander. Die Spitzen der Finger berührten sich.

Solch ein tobender Puls! Und die Seele klappte sich auf zum Altar und sie erblickten das Glimmende, Glühende des andern. Oh, wie war die Vernunft sinnlos, wie war sie überflüssig. Wenn man solche Dinge fühlt, wozu dient dann noch vernünftig sein? Warum das Große, Größte wieder beengen und vernichten? Vernünftig ist überhaupt nur der, der liebt und glaubt, weil er es für das einzig Vernünftige hält.

Zum Spiegel wurden sie einander. Und die Minuten verwoben sich zur Zeit und ihre Herzen wurden zu *einem* Herzen, ihre Seelen zu *einer* Seele. Fortan war dies ihr Schatz, den es zu bewahren, zu tragen, den es zu offenbaren galt.

Die Finger vergitterten sich, fester, immer fester griffen sie ineinander.

Adam war ganz eingehüllt in Nurit, er fühlte es so stark, dass er schon wieder glaubte, Taubheit mache sich breit. Starr saß er da, sah den schwanenweißen Rodin schimmern und über ihm die Frau, die ihn aufgefangen, abgefangen hatte, vor den hohen Flügeltoren des Todes, jene Todestür, die nach seinem langen Lebenspoltern sich zu öffnen bereit erklärt hatte. Aber stattdessen ertönte überall der *Figaro*, öffnete Gott andere Türen, warfen Engel Teppiche des Lebens aus, bunt und heilig und verzaubernd! Wir folgen Gott, Gott folgt uns – das ist das Licht, das ist die einzige Weisheit, die wir brauchen.

Er zog sie an sich, sie stand auf, ging um den Tisch herum und setzte sich auf seinen Schoß. Ihre Gesichter waren nun nur noch einen Hauch voneinander entfernt, und ihre Lippen, diese heißen Brunnen, suchten sich … *fanden* sich. Fanden sich für immer. Und tranken, tranken, tranken voneinander nach lebenslangem Dursten.

Ich sehe ihn, aber nicht jetzt, ich betrachte ihn,
aber nicht in der Nähe.

Qumran, Testimonia

Arie

Sein Knie bebte vor Schmerzen.

Er schritt unbekleidet durch einen Garten. Gewaltige Öl-bäume standen beieinander. Es war Gethsemane. Das schlum-mernde Gras unterwarf sich dem Wind. Gewässer beflüsterten sich gegenseitig …

Adam streifte durch diesen Garten, es war, als schwebe er, kaum betraten seine Fersen die Wege. Finsteres Kobalt schien durch die Bäume herab zu ihm, was für eine Nachtfarbe in diesem Dunkel … und wie leuchtend es war!

Das Knie war rötlich angeschwollen, doch das war die einzige Versehrtheit, denn er spürte die Samtigkeit und Wär-me der eigenen Haut. Er ging weiter, jedoch in versunkener Langsamkeit. Alles war Ruhe, war Lieblichkeit. Und dennoch funkelte in diesem Garten auch leidende Verstörung. Unstill-bare Angst hing an feinstem Geäst, dessen Tauspitzen wie wunde Juwelen glitzerten. Schönheit und Pein erfüllten hier geschwisterlich, gleichartig die Luft. Kein Garten konnte sinn-licher und keiner blutender sein.

Hier spricht doch jemand …

Adam lief zwischen den Bäumen entlang. *Und jetzt, jetzt weint jemand!* Er war sich sicher, jemand schluchze tief gequält in sich hinein, verloren und verloren.

Er schaute sich um. Vögel brachen aus einer Krone aus, das Wasser brachte Wind, und ein berauschendes Rauschen ging um.

Scharlachfarbene Glockenblumen bewegten sich.

In das Weinen mischten sich wilde Gebete.

Da bemerkte er ein Tuch wehen, es hing an einem Zweig und strahlte silbern, so sauber war es. Es lockte ihn zu sich. Davor angelangt, zog er es zu sich, war unmittelbar von der seidenen Stofflichkeit berührt und rieb es lange unter seinen Fingern.

Dann führte er es ans Gesicht, denn er glaubte, darin Erfrischung zu finden. Er presste es gegen Mund, Nase und Augen und besonders gegen die Stirn. Als er dann in das Tuch hineinsah, sah er nichts als den lichtweißen Stoff. Kein Blutschweiß, keine Tränen. Es war, als hielte er das Licht selbst in Händen.

Wer ist da? Doch niemand antwortete ihm und das fremde Weinen verging.

Adam legte sich zum Fuße eines Ölbaums. Mit dem Tuch bedeckte er sich. Er wollte sich nun ausruhen.

So lag er Stunden da, ehe ein Tropfen des kalten Taus niederfiel und auf seiner Brust aufkam.

Das erschreckte ihn, weckte ihn. Nurit legte ihre Hände über sein Gesicht. „Du hast geträumt", beruhigte sie ihn und nahm die Hände nicht von seinem Antlitz, drückte ihren bloßen Körper fest gegen seinen, bis Adam wieder eingeschlafen war, dieser ins Leben stürmende König.

Aus dem offenen Schlafzimmerfenster kam Jerusalemer Nacht.

Und bevor du sie erschufst, kanntest du ihre Werke für alle Ewigkeit.
Du hast die Himmel ausgespannt zu deiner Ehre, all ihre Heere hast du
gesetzt nach deinem Willen und die mächtigen Winde nach ihren Gesetzen,
ehe sie zu Engeln deiner Heiligkeit wurden, zu ewigen Geistern in ihren
Herrschaftsbereichen, Leuchten für ihre Geheimnisse,
Sterne in ihren Bahnen ...
Dieses erkannte ich aufgrund deiner Einsicht, denn du hast mein Ohr
aufgetan für wunderbare Geheimnisse.

Qumran, Loblieder

Chor

Als Nurit sich am Morgen vor dem Zimmerspiegel schmink-
te und Adam sich, neben ihr stehend, das Hemd zuknöpfte,
schien es, als hätten sie bereits ein ganzes Leben, nein, *viele*
Leben zusammen verbracht, viel Liebe schon gelebt, viele Zeiten schon geliebt. Nebeneinander gaben sie ein Bild des un-
bedingten Zusammengehörens ab, ihn konnte man sich nicht
mehr neben einer anderen Frau, sie sich nicht mehr neben
einem anderen Mann vorstellen. Es war ganz und gar undenkbar, ja solch eine absurde Vorstellung wäre sogar schmerzhaft
gewesen. Nein, diese beiden waren gemacht füreinander. Das
spürten sie vor allem selbst, da bedarf es nicht des Erzählers.
Sie selbst wussten, dass sie niemals wieder ohne den anderen
fähig waren zu atmen, zu sein, Tag und Nacht zu begehen.
Es war von solcher Unmöglichkeit, es war so ausgeschlossen,
es war so unbedingt beschlossen im Herzen, dass nichts und

niemand diesen heiligen Schwur, dieses heilige Gesetz – brechen konnte.

Der Mensch ist zuweilen so sehr in der Lage, aus der Liebe, aus der heraus sich erst alles entscheidet, ungeheuerlich zu handeln. Darin zeigen wir erst unsere wahre Macht, unsere von Gott aus geschaffene Majestät des Inneren, unsere Besonderheit als lebende Wesen. Die Liebe, wenn sie denn so heilig, so einmalig und für immer ist, kann uns erst das Strahlen verleihen, mit dem wir andere berühren, kann uns erst *aufsprießen* lassen gleich *Lilien*, wie es in Qumran heißt, und kann uns erst vorbereiten auf das, was kommt. Aber auch nur sie allein berechtigt uns zu Zorn und Genauigkeit und zum Fordern von Genauigkeit. Liebe ist nicht nur Liebe regnend, sie ist ebenso Komet, Sturm und Weg.

Wie schön sie ist … wie wunderschön. Adam schaute sie an, sie musste lachen. Das Wort Schönheit und all das, was es ist, und all das, was es bedeutet, verstand er erst jetzt, bei ihrem Anblick, verstand er erst gestern Nacht, als sie ihn mit ihrem heiß und fest sich regenden Körper, den einem Mann so fremden Formen der rundesten Vollkommenheit, der rasend machenden Köstlichkeit umschlungen hielt, wie Rosenschlingen ihn umschnürte, wie duftende Lianen um ihn gesponnen war und in der Tiefe der Tiefe der Tiefe und in der Höhe der Höhe der Höhe – in die Sterne fiel. Ja, was er da gefühlt hatte, als ihre beiden Körper sich ins Feuer schaukelten, das war *wie in Sterne zu fallen …*

*

Ihren Kaffee nahmen sie im *Kadosh*, saßen draußen, dicht am Eingang, unterhalb der weißen Remisen.

Hier gab es viele Einheimische, vor allem war es europäisch eingerichtet. Die helle Stadt war voller Menschen, das konnte sehr schnell sehr unerträglich sein.

Bronzener Sommer lag überall ausgebreitet.

Vorbeigehende Touristen musterten die beiden neugierig. Und sie sahen auch wundervoll aus, *lebens*voll, thronend. Ein älterer französischer Herr photographierte sie gerührt. Adam war so etwas nicht gewohnt. Er kannte das nicht, zuerst mochte er es auch nicht. Zwar waren ihm Blicke vertraut, das war schon sein ganzes Leben so gewesen, dass man ihn aufgrund seiner hohen Anmut als etwas *Fremdes* ansah, nun aber, nebst dieser makkabäischen Herrscherin, war er nicht mehr *allein* damit. Die Liebe war nun der gemeinsame Grund für dieses Scheinen, sie schmückte und veredelte sie, sie verkörperte das Seltene, Verborgene, Undurchdringliche. Aber hier, in dieser Stadt, stießen sie auch auf Ähnliche, Liebende. In Europa, in Deutschland, dachte Adam, ist das eher selten. Die Kälte der Menschen dort, die oft falsche Ausgelassenheit, die nur allzu geringe Fähigkeit zur entspannten Seligkeit, all das war hier selbstverständlicher. Das eilige Treiben und Hetzen der Einwohner jeden Herkommens war auf das Älteste einstudiert, vor der Geschichte aufgeführt und darum so *echt*, so − trotz allem Blut − aus dem Herzen stammend. Hier lächelte man einander an, hier durfte man fremde Kinder küssen, hier war man im Gewirr herzlich gestimmter, ja in ihrer Herzlichkeit schon aufdringlicher Menschen.

Stärkster Hass und opfervolle Liebe gleichermaßen, das gab es nur hier. Und oh … wie ähnlich sich all diese auf *ihrer* Religion, all diese auf *ihrer* Kultur bestehenden Juden und Muslime doch waren, hier, im Schoß ihrer gemeinsamen Mutter. Inmitten jedoch, inmitten all dieser souverän Leidenden gab es doch hier und da auch die Unseligen. Ein orthodoxer Jude etwa beschimpfte Adam im Vorbeigehen, er hatte ihn zweifelsfrei als *Deutschen* identifiziert. Nun, man sollte es ihm nicht übelnehmen. Oder etwa eine alte, garstige Kopftuchträgerin, die mit ihren schweren Einkäufen so unverschämt rücksichtslos Nurits Seite streifte, dass diese ins Taumeln geriet. Aber damit haben wir es allerorts zu tun, erst recht hier, wo alle Stimmungen aneinanderdrängen.

Das *Kadosh* lag recht hübsch. Die Altstadt war ohne Bedenken unfassbarste Pracht, doch das neuere Bauen strebte gegen den Geist Adams. Es hatte bisweilen etwas Ungenügendes, Rohes und auch Ungemütliches, wohingegen ein Schritt durch die alte Jaffastraße mit ihren glänzenden Wegen, den hölzernen Erkern, den Spolien einem das leidenschaftliche Übermaß der Sinnlichkeit Jerusalems verkündigte.

Omelett und Milchtee, kleine Baguettes und frisches Gemüse, und der gesunde Hunger erst! Und wie gut alles schmeckt, wenn man liebt!

„Was isst du in der Wachau?"

„Viel Obst", sagte Adam und salzte das Omelett, „und viel Brot."

„Mein schönster Mann lebt am schönsten Ort!", rief sie beglückt und ihre Augen wurden nass. Adam strahlte und wurde verlegen.

„Wie ist die Wachau? Ich war noch nie dort …" Nurit nahm das Glas und lehnte sich zurück.

Schatten schmiegte sich an sie.

Adam suchte ihren Blick und doch durchfuhr ihn jedes Mal ein Zucken, wenn er sie betrachtete, wenn er ihr mitten in diesen Blick sah, das war voller Zauber und voller Berauschung.

„Wälder, hochstehend. Schluchten. Abendrote. Die Donau … metallisch glitzernd, schwarz fließend. Heilige Stille überall. Neckische Rehe, Füchse. Und wenn Regen kommt, dann weint alles. Alles ist Leben und Grab. Man schreitet darüber, alles ist Erde."

„Adam …" Nurit setzte das Glas ab. Stützte das Gesicht mit den Händen ab und glühte.

„Ich bin eigentlich die ganze Zeit unterwegs. Ich gehe und gehe und gehe und gehe … Hab gutes Schuhwerk dafür, manchmal setze ich mich auf einen Stein oder lehne mich an einen Baum und bleibe für Stunden dort. Aber … aber was ist mit dir? Liebste? Nurit?"

„Ach, verzeih mir, entschuldige bitte … ich … ich musste nur weinen, weil … weil du doch so schrecklich einsam gewesen sein musst!"

„Ja, aber das wollte ich doch so. Ich wollte einsam sein. Sieh mal, ich wollte keinen Menschen haben, den ich nicht *liebe* und der nicht für mich geboren worden ist. Ich wollte keine Frau um mich haben, Erinnerungen mit ihr teilen, die ich einmal verdrängen, bereuen, ja verachten würde. Ich wollte nicht etwas leben, was nicht sein soll. Naja, und … meine Zeit in Rom und all die Wege davor erlaubten mir diese Einsamkeit. Sie schufen den Raum dafür. Dafür bin ich so unendlich dankbar. Denn weißt du, ich bin *rein* geblieben!"

„Ja … *rein* …" Nurits Tränen fielen und fielen. Ihre seidene Bluse zeichnete ihre bebende Brust ab.

„Für *dich*", hauchte er hinzu.

Nurits Augen weiteten sich, ihr Mund ging auf und ihre schimmernden Zähne öffneten ein Lachen von solcher Erfüllung! „Für mich?", fragte sie ängstlich und doch verheißungsvoll.

Adam nahm ihre Hände. „Gott ja! Aber für wen denn sonst? Nurit … ich wusste, dass ein einziges Weib auf dieser Welt mein ist, ich wusste es. Aber meine Traurigkeit nahm so zu, das Warten war so lang … so lang, die Welt so hässlich, dass ich mich zurückzog, den … Tod suchte … um … nichts mehr zu fühlen. Aber, aber jetzt … jetzt hat Gott dich endlich zu mir geholt, mich endlich mit Atem überzogen und dich endlich zu meinem … *Leben* gekrönt!"

„Adam", sie kam noch näher an sein Gesicht, „glaubst du mir, wenn ich dir sage, dass auch ich alleine war, immer alleine war? Ich hatte Angst vor dem Leben, ich meine, vor dem Leben mit einem Menschen, der nicht *mein* Mensch ist, der nicht mein *Lebensmensch* ist, und so etwas weiß man doch sofort, sofort, sofort! Und und da ich es nie fühlte, konnte es auch nicht sein, konnte es einfach nicht sein. Ich wartete … ebenso … bis heute."

„Meine Königin, ich sehe es doch in deinen Augen. Ich sehe mich in deinen Augen."

„Dein Leben ist mein Leben."

„Erst dann ist es kostbar! Siehst du, siehst du, wie gemacht wir füreinander sind? Siehst du die Bestimmung? Das Leben, das Sein, der Sinn – das zeigt, wer wir sind, wer wir von Anfang an waren!"

„Weißt du, ich danke der Kirche. Sie hat dich doch irgendwie ... bewahrt."

„Ja, aber wisse bitte, dass ich mich zuallererst *selbst* bewahrt habe, denn was man nicht *ist*, das kann einem auch nicht geschaffen werden!" Er wurde sogar streng. „Es stimmt, sie hat mich angereichert, mit Festlichkeit beschäftigt, aber meine Reinheit, die bestand vorher schon, die habe ich selbst entdeckt.

Ab einem bestimmten Moment war ich einfach ... zerschnitten innerlich. Die Menschen in ihrer armseligen Verlorenheit, mit ihren menschlichen Problemen, die nie meine Probleme waren, haben mich verärgert. Für immer. Sie haben meine Tiefe nicht gewollt, sie haben sich über meine Tiefe niederträchtig geäußert, haben keinerlei Verlangen nach Seele, ja man machte sich sogar lustig über mich, *Seele, was soll das sein,* riefen sie irrsinnig. *Seele, wo liegt das,* fragten sie. Meine Zärtlichkeit haben sie gefürchtet, meinen Zorn verunglimpft. In der Kirche war ich frei."

„Aber die haben dich auch nicht erkannt."

„Doch, das haben sie. Sehr sogar. Aber ich habe ihr Innerstes angerührt, ohne es anrühren zu wollen. Ich ... ich wollte zur eigentlichen Heiligkeit durchdringen, und das hat man nicht verstanden."

„Qumran ..."

„Ja."

*

„Sieh mal, es ist eigentlich ganz einfach. Es ist doch so, dass Gott hin und wieder einen Menschen aus den Menschen herauszieht und in einem Augenblick seines Lebens diesen mit der vollsten nur denkbarsten, nur vorstellbarsten Fülle der Unendlichkeit überströmt. Dieser gibt dann sich selbst auf, ohne es an einem bestimmten Tag oder zu einer bestimmten Stunde zu bemerken, mit einem Mal ist er Gottes nächstes Geschöpf, ihm wird Gott Dinge ins Ohr flüstern, die so vollkommen sind, so definiert – dass er doch sich selbst gar nicht mehr benötigt, denn nichts wäre er ohne diese Eingebung. In ihm beginnt ihn etwas zu führen, beginnt ihn etwas zu bedrängen. Plötzlich wollen die Geheimnisse Gottes heraus aus ihm, sie stürmen gegen die Wände seiner Seele, reißen sie auf, reißen sie ein. Und es geschieht, was nur äußerst selten geschehen kann, was selbst Gott sich aufhebt, S e e l e n k u n s t .

Da sind die Propheten Moses und Jesus und Mohammed. Sie sind Träger dieser Seelenkunst.

Sie bringen etwas in die Innerlichkeit der Menschen, das so neuartig, so wohlüberlegt und alle Zeiten andauernd ist, dass ihre Menschen wie aus einem neuen, heiligen Geiste trinkend zu sich kommen, ihre Menschlichkeit finden. Gefahr bergen diese Liebesbotschaften jedoch ebenso in sich. Die Gefahr der Dummheit ist leider so alt wie der Mensch. Heiliges wird nicht immer bewahrt, ihm wird nicht immer in dem Maß seiner Zeit und seiner Weite entsprochen.

Aber sage du mir, Geliebte, hat denn Heiligkeit seither nicht mehr stattgefunden? War Jesu zärtliches Ringen mit der Unreinheit der Menschen, war denn die magnetische Kraft des Moses, ein ganzes Volk zu lieben, war denn Mohammeds stürmische Sinnlichkeit das letzte Geschenk an die Welt? Sollen ihre Werke die einzigen sein, die *durch Gott* zu uns kamen?

Ja, es stimmt, ich habe in Qumran den Beginn des heiligen Glaubens gefunden. Worte … oh Nurit, Worte, die *direkt* vom Himmel kommen …" Adam flüsterte, als dürfe es keiner hören. „Gesetze, die ihrer Zeit gehören, scheu und rätselhaft.

Aber dann auch, in den ewigen Forderungen, in denen, die immer gelten werden – voll gefühlter Wahrheit, Wahrheiten, so wahr wie deine Augen. Beim Lesen durchfließen einen goldene Flüsse …

Literatur. Das ist der Beginn der Literatur, denn sie ist heilig geworden. Sie konstruiert nicht, sie schafft, sie bricht durch, unaufhaltsam steigt sie auf und steigt auf und steigt auf!

Oh Nurit … was für eine Zärtlichkeit: Gott diktiert und das auserwählte Wesen folgt. Hier, in Qumran, ist es sogar eine Schar von Auserwählten, bedenke, Menschen, die über lange Zeiträume hinweg *dasselbe* fühlen! Und es ist so verinnerlicht, so vom Herzen anerkannt, dass es keiner auch nur zu bezweifeln wagt, keiner! Von *hier* aus", und Adam drückte auf seine Brust, „von hier aus handeln sie. Ihr Bund steht zwar für das freie Israel, doch in ihrer Sprache zeigen sie das ortlose Monument ihrer Atem nehmenden Schönheit. Sätze und eine Struktur, die für den Menschen bestimmen sollen. Was für eine Liebe, was für Liebe steckt in diesen Zeilen, in all diesen Rollen.

Und Stimmungen, Stimmungen, wie sie ein ganzer Mensch hat. Nuanciert. Filigran. Hoffend. Verneinend. Alles, alles ist gefühlt und dann aufgeschrieben, und das ist das Geheimnis der Literatur. Das macht Sprache erst verlockend, mythisch, unwiederholbar.

Ich nenne absichtlich nicht *Homer*, denn trotz seiner Kristallsprache kommt da ein Nachdenken hinein, was den alleinigen Aufenthalt in der Seele verzögert oder unterbricht. Sind seine Wortmalereien gedacht oder gefühlt?

In Qumran sind sie gefühlt, aus dem Leben gefühlt, aus dem Leben gezogen und der Ewigkeit übergeben.

Ein solches *wundes Schreiben* gab es auch bei Nietzsche. Das endgültige Entäußern, kein Wort steht mehr vor dem anderen, kein Wort steht dem anderen im Wege, kein Wort hält ein anderes auf – alles explodiert. Sehen die Menschen denn überhaupt den Mut solcher Götter? Den Mut der absoluten Niederschrift, die frei auf die Welt gerichtet wird, wie ein Sonnenstrahl?

Dostojewskij wiederum hat Seligkeiten erfahren, die selbst einen Nietzsche überholen. In was überholen? In der *Liebe*. Das fehlte Nietzsche als letztes Element, als letzten nie wirklich getrunkenen Saft der Ewigkeit. Nietzsches Vollkommenheit besteht darin, ohne Liebe zu schaffen, wo wir doch Liebe als den einzigen Weg, das einzige Geheimnis zur Seelenkunst hin erkannt haben – allein, seine Werke des Geistes kommen *doch* aus seinen eigenen innersten liebesmythischen Ordnungen! Wie geht das? Was ist das für dunkle Magie?!

Dostojewskij jedoch trinkt Nietzsche *und* Liebe, und was schenkt er uns damit! Er schenkt uns Wellen der Seelenliteratur! Beobachtungen des Menschen Dunkelheit, die einen Freud zur Heuschrecke der Seele zusammenschrumpfen lassen! Wahrlich, Freud erklärt den Menschen immer nur anhand der Triebe, Dostojewskij erklärt die Triebe anhand des Menschen. Was ließ Freud schon übrig, nichts als ein ausgehöhltes Rippengewölbe.

Und Goethe, geliebter Freund, du Kugel poetischer Erkenntnis! Der so gewaltig war, dass er die orientalische Lyrik als höchste Anleitung höchstmöglicher Wortklänge entdeckte. Und wie recht er hat, Liebste, wie recht er hat. Die Worte des Orients sind noch viel, viel galaktischer, noch viel, viel ruheloser, noch viel, viel entzündender als unsere. Ein afghanischer Freund, ein Exilant leider, dem ich vor Jahren in Rom begegnet bin, hat mir dies offenbart. Immer wenn es regnete, schrieb er. Brauchte einen Grund, so fern der Heimat. In der Heimat aber war alles Grund. War alles Motiv und Widmung.

Das sind Götter der Unbegreiflichkeit. Sie sind Blume und Dämon zugleich und verbringen ihr Dasein in ebendiesem Geschaukel von himmlischsten Lichtern und Tausenden Finsternissen.

Weißt du, ich habe jetzt die Götter genannt, die Engel kannst du dir vielleicht denken, das sind jene, die zumindest in Augenblicken, wenn auch nicht aus dem Sein heraus, Heiliges atmen können."

„Was ist mit der Malerei?", fragte Nurit.

„Da nenne ich einzig Tintoretto. Weißt du, seine Bilder sind in einer solch traurigen Verfassung gemalt, sie sind so blendend und verstörend, Himmel und Hölle vermischend – dass keiner ihm in dieser blutenden Ausführung gleichkommen darf. Manchmal glaube ich, seine Farben sind getränkt im Blut Jesu. Das verleiht ihnen diesen erschütternd leibhaftigen Glanz. Ganz Venedig spült diese Farben an, das sind Farben des ... Sterbens, ja des Sterbeeifers, Porzellanarkaden, immernächtliche Gestirne. In Venedig widerfährt Gott Göttlichkeit, stottert Gott vor Göttlichkeit! Und die Domglocken am Markusplatz ... sie schwingen, als stießen kämpfende Planeten aneinander ... Die Stadt ist geschaffen aus Wundergesetzen. Und der Sonne trotzt man mit weiß gebauschten Remisen, nicht solchen kleinen wie hier, nein. Venedig ist die Ankunft aller Könige, aller Rosendynastien. Und der Markusplatz, Bogenfenster wie Schmuck, kreidenes Knochengeäst, weichste Stürme zusammengeschoben, seelengedrängt zu gebieterischen Reigen. Nein, niemand darf neben Tintoretto stehen, aber ich gebe zu, es wäre zum Beispiel ein Fest, hingen Tintoretto und Beckmann im selben Raum, sich gegenüber, wie Giganten."

„Und die Musik?"

Jetzt wurde Adam still. Er zog sich für kurz fast wie in sich zurück, noch weiter in den Schatten der Remise.

Er antwortete sehr lange nicht.

Sah sie an, schloss die Augen, sah sie wieder an.

Die Sonne des Mittags überfiel die Straßen.

Adam griff in seine Tasche, umfasste das Kästchen ...

„Die Musik in ihrer Unsichtbarkeit legt sich doch irgendwie über alle Gattungen", begann er versunken. „Sie ist die vielleicht heiligste Form. Allein was für Musik *bleibt*?"

„Beethoven natürlich!" Nurits Augen blickten rund und verspielt und ziemlich überzeugt.

„Nein, seine Musik ist verkrampft", winkte Adam lässig ab.

Nurit stand der Mund offen.

„Dann Bach!", warf sie hinterher.

„Schön, aber zu viel Unglück und zu wenig Glück. Mehr Leidender als Lebender."

„Schubert?"

„Letztlich kindisch."

„Wagner!"

„Genie, aber zuallererst ein Hanswurst."

„Corelli?"

„Zu stürmisch."

„Monteverdi?"

„Durchaus ein Anwärter."

„Chopin?"

„Die Seele kann nicht immer nur flanieren."

„Tschaikowsky?"

„Ohne Zweifel ein Großer, ein Fühlender. Aber nein."

„Smetana?"

„Ich liebe die *Moldau* ja auch, aber das ist noch lange kein Grund."

„Jetzt weiß ich es: Es ist Händel!"

„Zu kastratisch."

„Liszt?"

„Manches übergroß, manches nur nervend."

„Mahler?"

„Den kann ich nicht ausstehen."

„Das zählt nicht! Ich will einen richtigen Grund!"

„Ich kann ihn nicht ausstehen."

„Dann … dann ist es Puccini!"

„Meinst du Puccini oder meinst du Maria Callas?"

„Brahms?"

„Eine Musik, die … verschwindet."

Nurit verstummte und war beinah schon gekränkt, als sie mit einem Mal die Augen aufriss:

„Oh Gott, wie konnte ich ... wie konnte ich nur ...
M o z a r t !"

*

„Mein ganzes Leben hindurch habe ich ihn gehört.
Immer.
Und niemals war ich dabei unglücklich, niemals bedrückt.
Immer hat er mich seinen bis in die unbeschreiblichsten
Übersteigerungen von Musik reichenden Wundern folgen las-
sen.
Unaussprechlichste Erhebungen meiner Seele widerfuh-
ren mir. Vernichtend zierlich, gesprenkelt zum Fächer aller
Lichter von Himmel und Erde und Ewigkeit.
Eine Musik, so absichtlich. So steil und stürzend. So Mil-
lionen Mal vom Schauer der Entzückung heimgesucht.
Auf seine Stürme folgen von sich aus die großen Beruhi-
gungen. Auf die brennenden Arien folgt kühlende Seide.
Niemals hat mein Herz Höheres vernommen. Niemals
war Gott mehr bei uns.
Seine Musik hat mich überhaupt erst *gemacht*. Sie hat mir
Belebungen zugehaucht, die so Paradies höllisch, so mächtig
über meinem Leben loderten, dass ich nun keine Bedenken
mehr hatte, wo und was und wie Gott ist.
Eine Musik, die niemals, niemals enden wird.
Ohne Wahn und ohne Versuch. Vollkommene Vollkom-
menheit von Anfang an.
Sphärische, uns ungehörte Küsse des Lichts mit dem Licht.
Kreisende Tänze der Planeten. Blühende Monde, die auf fernen
Sternenregen treffen. Reichtum, von dem noch nie ein Mensch
gewusst.
Und Tod. *So viel Tod.* Empfangen vom Leben, von Tagen und
Nächten und Stunden der Liebe. So viel geliebtes Leben.
Tränen der Schönheit tränkten mich für alle Zeit.

Eine Musik, die sich selbst neckt und raubt, um dann, in ungeahnten Offenbarungen, die selbst Gott erstaunen, wieder-zukommen. Und zwar schwingender und erlesener als jemals zuvor.

Werke, die wie Sonnenuhren das Leben und die Zeit be-sitzen. Alle durch den Weltraum gestreuten Geheimnisse ken-nen und durch sie hindurch und an ihnen vorüberschweben, wie es kein Mensch je vollbracht." „Ja, Mozart war das, was Jesus immer sein wollte."

Und aus Nurits Glastränen heraus vernahm Adam das Konzert für zwei Pianos. Vernahm die wilde Gleichzeitigkeit, das einander-Zuwerfen dieser Gottmelodien, das Auffangen ihrer und dann wieder das große Ungehörte, das Menschen-schönste, das Friedlichste, Erhabenste, das dann wieder Fins-terste, Immerwache, Behütende, Gebieterischste ...

Auf das, was ewig ist, hat mein Auge geblickt ...

Qumran, Gemeinderegel

Arie

Den Rest ihrer Sitzung im *Kadosh* schwiegen die beiden verliebt Liebenden, liebend Verliebten. Es hatte sich noch nie so zugetragen, dass sie mit einem Menschen auf diese Weise schweigen konnten. Das heißt manchmal, wenn Adam auf seinen Wachauer Wanderungen Bauern seiner Umgebung besuchte, die ihn kannten und schätzten und immer wieder zu Mittagessen luden oder zur Ernte beschenkten, dann saß auch ein alter Bauer neben ihm, schnitt ein herrlich gebackenes Brot auf, reichte Käse oder Speck dazu, und so aßen sie dann wortlos und schweiften in die Ferne. Und wenn einmal doch ein Wort fallen sollte, dann voller Einfachheit und Genauigkeit, und niemals nur, um zu sprechen, niemals nur, um in Leere zu reden. Übrigens hatte Adam einiges an Land erworben, in all den Jahren, wollte sein Geld für wahre *Menschenkultur* ausgeben, im lateinischen Sinne des Wortes.

Dass aber nun auch eine Frau – diejenige, die er, seit er sie zum ersten Male gesehen, ganz und gar zu seinem Seelenreich erhoben hatte – diese Stille, die alles kennt und darum verstummt, lieblich verstummt, auch mit ihm teilte, das war nun wahrlich der nächste Spiegel ihrer Liebe, die mittlerweile schon ein Gemach an Spiegeln ausstellte, die sich gegenseitig vorleuchteten, was sie in dem anderen sahen.

Nurit sah einen Mann mit festem, gebräuntem Haupt, weichen Augen und einem Mund, der Dinge aussprach, die alles in ihr weckten, alles in ihr anhoben und alles in ihr feierten. Aber sie sah ihn auch erschrocken an, schwärmerisch zwinkerte auf ihren Lidern die ganze zurückgeschreckte, demütige Verneigung, die sie empfand, immer und immer wieder, und sich darob fragen musste, *wer aber, geliebter Adam, lässt d i c h so sprechen? Ist das nicht auch Heiligkeit? Liebe? Ist das alles nicht auch diktiert vom Himmel, von Gott?*

Ja, du bist ein Vater für alle Söhne deiner Wahrheit
und freust dich über sie wie eine Mutter über ihr Kind …

Qumran, Loblieder

Rezitativ

Als sie das Café verließen, kam ihnen Tamim, der schöne, hochgewachsene Junge vom Friedhof, entgegen. Er schien froh, Adam wiederzusehen, und lief auf ihn zu. „Ah, Mister Adam! I knew that I would see you again, because this is Jeruschalam, a small town where everybody meets again! How are you today?" Als er sich nach Adam erkundigte, musterte er Fritz und es kam Bedauern über sein Gesicht.

„Thank you, Tamim, paradise regained."

Tamim lachte auf. Sein makedonisches Antlitz war prinzenhaft schön.

„This is Nurit. My … my … wife."

Nurit sah ergriffen zu Adam empor, so als habe jemand Eiswürfel in ihr flammendes Herz geschüttet. Das offene Haar schwang mit der Bewegung mit. Ihre Blicke waren zündend und voller Erwartung.

„Oh yes, she is the lady who insisted on: *You were up to date long time ago, weren't you?*"

Tamim ahmte ihren Wortlaut exakt nach.

Adam musste schmunzeln.

Nurit murmelte irgendetwas auf Hebräisch, woraufhin Tamim kühl darauf bestand, nicht zum Streiten aufgelegt zu sein, und er *griff* in seine Tasche.

Da fielen Adam die zwei Männer auf, die schon vor Erez Lindenbaums Haus gestanden hatten. Sie schritten auf die drei zu, packten Tamim an beiden Armen und drückten ihn gewaltsam auf den Boden. Er verzog das Gesicht, die Scham, die er empfinden musste, kann man sich nicht erniedrigender vorstellen. Zwei bewaffnete Soldaten auf der gegenüberliegenden Straßenseite spähten zu ihnen herüber.

„What are you doing?!", stellte Adam sie wütend zur Rede. „He is a *friend!*", beteuerte er und wurde sichtlich immer zorniger. Über Tamims Wangen breitete sich für ein, zwei Sekunden ein Licht aus.

Nachdem die Männer ihn genau durchsucht hatten und irgendetwas von *terrorist* murmelten, riss sich Tamim los und sie entfernten sich von der Gruppe.

„Tell Lieb, this was very, very insulting! *Insulting!* Got that?", schrie ihnen Adam nach. Da die Männer nicht reagierten, sondern einfach weiterliefen, als sei nichts geschehen, hinkte ihnen Adam nach, in heftigen Schritten holte er sie ein. „I want you to apologize!" Dann wandte er sich um, winkte Tamim zu sich und stellte ihn stolz vor die Männer. „Apologize!", wiederholte er. „Now."

Ein kaum verständliches *Sorry* kam aus ihnen heraus. Adam kehrte ihnen den Rücken zu, legte Tamim den Arm um die Schulter, lächelte ihn warm an und sie schritten wieder langsam auf Nurit zu, die die ganze Zeit besorgt am Straßenrand stand. „Forget about it. Please don't worry. It's got nothing to do with you, only with me …" Adam wollte sich nicht anmerken lassen, wie beschämt er selbst über all das war.

Tamim fand wieder zu sich, doch eine tiefe Falte lag auf seiner hellen, weichen Stirn. Und der Blick hatte das Funkeln für kurz verloren. „I just … I hoped to see you again, I wanted to … *give* you something …" Wieder griff er in seine Tasche und zog einen kleinen, winzigen Koran hervor.

Er reichte ihn Adam. Es war ein wirklich sehr zierliches Büchlein, aber träumerisch verziert, mit Floralranken und safranfarbenem Einband.

„I know that you are not a … muslim, Mister Adam. But you are Mister *Adam*. So take this as a gift … a gift from one man to another. And let me tell you, it is beautiful, very very beautiful, if one reads carefully … reads what *really* is written down. See there are such delighting phrases, such lovely life-paintings, this for example, this sura is called *Nightstar*, it says that *every soul has a warden star above*. I love that … that imagination of having such a guardian who is always protecting me!"
Tamims lange Wimpern schimmerten im Licht. Adam blätterte in dem Büchlein. Schwarze Wortschwärme durchflogen die Seiten. Strenge Tänze wandelten über das Papier hinweg, sinnlichste und, ja, *weiblichste* Bögen und Rundungen und Ewigkeiten der Schrift vibrierten vor dem Betrachter. Adam erinnerte sich eines Gedichts jenes Exilafghanen, der die geschwungenen Brauen seiner Geliebten mit den Schwüngen des *Siahmaschq* verglich, der heftigsten Schule der Kalligraphie. Auch Nurit besaß solche Brauen.

„This is … indeed a sweet, a lovingly gift. I will keep it meticulously."

Nurit, die Adam und den so jungen Palästinenser in all ihren Blicken und Sanftheiten betrachtete, fühlte eine so grenzenlose Sehnsucht in sich aufsteigen, die ihr Herz nicht mehr loslassen wollte. Was war das für eine bedachte Zuneigung und was waren das für ungesehene Höflichkeiten an die Seele des anderen, und was würde geschehen, würden Menschen überall das sehen können, diesen einen Moment aufrichtigster Aufrichtigkeit, gerade und klar und unmissverständlich?

Sie entfernte sich für kurz von den beiden und kehrte in ein Geschäft ein.

Adam ging ein paar Schritte mit Tamim. „So tell me, are you going to school?"

„Yes, Sir, I want to study medicine one day."

„Oh Tamim, this is nice. Stand your ground!"

„Yes, Sir, I will, but somethimes it is hard … as an Arab Israeli you are still badly treated. I am living with my family in the muslim quarter. Please come one day for a tea! Will you, Mister Adam, will you come?"

„Yes, my young friend, I will come."

Feste legten sich über Tamims Blick. Er überlegte einige Minuten, musterte Fritz. Sie liefen nebeneinander her. „Why are you here?", fragte er plötzlich, aber es klang nicht neugierig, sondern als wolle er sich Adams Wesen nur immer noch erzählerischer machen, ihn sich anreichern.

„This place knows everything about us. Here you can find yourself. And a *silence* which is somehow very different from other cities. Qumran is my favourite place on earth. To watch the sea becoming bluer and bluer, to pray there for hours in one of those … those lonely caves … that's all I came for. And what I found … was *love*."

In diesem Moment kam Nurit zurück, in der Hand einen großen Strauß wilder Tulpen. Er war für den abendlichen Besuch bei den Eltern.

„Tamim, my friend, we will see again, I promise." Adam reichte ihm die Hand.

Doch Tamim überkam unerwartete und euphorische Dankbarkeit, tiefe, frische, wahre Zuneigung und Freundschaft. Er hätte auf der Stelle alles für Adam getan, so sehr hatte er diesen großen Deutschen schon in sein prächtig und rührend fühlendes Herz geschlossen. Er trat auf ihn zu, langsam und mit ernster Miene, die der eines überaus stolzen, vollen, fruchtigen Miniaturgesichtes glich, und umarmte ihn von beiden Seiten. Er drückte Adam so fest, so fest, dass dieser das Beben seines jugendlich hochgestreckten Körpers spürte. Tamim weinte, als hätte er lange nicht weinen können, weinen dürfen. Traurigkeit fiel von ihm. Er ließ Adam nicht los. Und Adam, der Fritz fallen ließ, weil der große Junge ihn ebenso zu halten wusste wie Adam ihn, umfasste ihn auch seinerseits mit beiden Armen und presste ihn an sich, wie ein Vater. Nurit hob den Gehstock auf, wie sie es schon einmal getan, als Adam in der Nacht ihrer Begegnung stürzte, und auch sie musste leise weinen.

Kein Wort kam aus ihnen, keine Fragen, keine Antworten. Allein die Berührung eines Menschen, der einen so liebt und beschützt, diese gegenseitige Hilfe, das packte nach Adams Herzen, schleuderte es in seinem Brustkorb umher.

Tamim richtete sich wieder auf, schnaubte die Nase, aber nicht sehr, denn Orientalen sind, was solche Dinge betrifft, sehr taktvoll, und stand nun wieder aufrecht vor ihnen. Er nickte nur ein, zwei Male, seine alterslosen, weisen Augen waren gerötet, die Wangen glichen Pfirsichen. Er wollte gehen, als Nurit plötzlich nach einer gelben Tulpe griff und sie ihm stumm reichte.

Tamim tastete nach ihr, hielt inne, nahm sie schließlich und ging, rannte, beschenkt wie noch nie, die Straße hinunter.

*

Als Adam und Nurit am Abend die Wohnung verließen, um zu den Eltern Seeliger zu gehen, regnete es. Die Luft wurde kühler und kühler, es roch nach nassem Gestein. Unterm Regenschirm drückten sie sich aneinander. Die Tropfen fielen rings um sie herum nieder …

Als Daniel Seeliger die Tür öffnete, jene Wohnungstür, die Adam schon einmal aufgesucht, jene Schwelle, die er schon einmal übertreten hatte, war er sichtlich angehalten von dem Anblick der beiden. Das Glück, das *leuchtende Glück*, war ihnen überstark anzusehen. Sie strahlten, als die Tür aufging und Daniel vor ihnen stand und fortwährend wie außer sich war.

Adam trat ein, den gelben Wildtulpenstrauß in der Hand, in einer lilafarbenen Hose und einem weißen Hemd. Nurit in ihrer bunt gemusterten Seidenbluse und dem steingrauen Rock, rotem Lippenstift, der schon von fern gefiel, hochgestecktem Haar. Dicht standen sie nebeneinander, standen wie vor der Offenbarung ihrer Liebe.

Daniel und Milla, wie fassungslos.

War das *derselbe* Mann, der hier an die Tore des Todes ge-
klopft hatte, der hier voll ewigem Weh vom Meer der Trauer
angespült worden war? Derselbe, der sie jetzt mit lachenden
Lidern ansah, in Erwartung aller Geheimnisse der Existenz,
jener Existenz, die er doch auch schon beschworen, die er
doch schon so sehnlichst beschrieben und die er nun sogar
gefunden hatte?

Sprachlosigkeit war das, was in den nächsten Stunden
über den Herzen der liebenden Eltern hing. Wundersame
Sprachlosigkeit …

*

Über Früchtebrot und Kerzen erfüllten ihre Gespräche den
Raum. Adam sah um sich. Die Stunden und Minuten seines
ersten Besuches hier waren für immer in seine Seele gebrannt.
Wie unsäglich verloren und Tod suchend er doch da gesessen
hatte, auf jenem Sessel, wie er gewartet hatte, auf sein Gehen,
auf Qumran. Wie alles felsenhaft beschlossen war, das Verlassen dieser Welt und Zeit.

Aber der Berg, auf dem er stand, wurde leicht, ins Herz
drangen Rosenheere ein, überfielen ihn, das Blut stürmte
durch seinen ganzen Körper auf und ab, eine *Frau* war gekommen, *seine* Frau war gekommen.

„Adam, du trägst doch das Kästchen nicht so mit dir herum, oder?"

Adam verkniff sich ein Lächeln.

„Du solltest es entweder im *King David* oder hier bei mir
verwahren, ernsthaft."

„Gleich morgen früh will ich es ins Hotel bringen, da sind
auch meine ganzen Reisepapiere." Dann schenkte Daniel allen
Tee ein. „Aber nun mal zu den wirklich wichtigen Dingen,
Kinder: Wann feiern wir endlich Hochzeit?"

„Daniel!" Milla schrie auf.

„Aba!"

„Was denn? Ich weiß wirklich nicht, was ihr habt! Weißt du es, Adam?" Daniel grinste schelmisch in sich hinein.

„Aba, ich würde gern mit Adam rausfahren, zum Haus, würde es Adam gern zeigen und … und außerdem hätten wir mehr Ruhe … und wären mehr bei uns."

„Das ist eine herrrliche Idee!", rief Milla und klatschte in die Hände. Ihr ebenes, schönes Gesicht mit dem Nusstein schimmerte nass.

„Aber ja … ja! Das müsst ihr sogar unbedingt! Adam, das wird dir sehr, sehr … sehr gefallen. Wir haben ein Häuschen, ein ehemaliges Bauernhaus, oben in Galiläa, zwischen Safed und Rosh Pina."

„Ja, ich kenne die Landschaft, Gottes Landschaft, aber es ist schon lange her, dass ich dort war. Sehr lang sogar."

„Dann wird es umso wundervoller!" Nurit warf sich ihrem Vater um den Hals, küsste und küsste ihn, und ihre Küsse verwandelten sich in den Gesang Papagenas!

*

Es regnete noch immer, es war wunderbar angenehm. Der heiße Kopf konnte auskühlen, das Drücken der Aufgeregtheit in den Schläfen nahm ab. Das zischende Rauschen des Regens hallte in den nächtlichen Gassen besonders laut wider.

Ein merkwürdiges Geräusch kam von irgendwo her. Adam horchte auf, sie blieben stehen. Die Wege waren unregelmäßig, man wusste nicht, woher dieses anhaltende Geräusch kam. Sie liefen weiter. Als sie in eine Gasse einbogen, über der sich orange beleuchtete Rundbögen und breit gefächerte Stufen ankündigten, kam ihnen urplötzlich ein Motorrad entgegen. Adam und Nurit blieben stehen. Es raste auf sie zu! Wurde immer schneller! Adam packte Nurit am Arm, nahm all seine Kraft zusammen und sie beeilten sich, so schnell es eben mit seinem kaputten Knie ging, einen Hauseingang zu erwischen. Doch das Motorrad war zu schnell, so pressten sie sich schnell gegen die Mauer. Nur haarscharf brauste der vermummte, offenbar sehr junge Fahrer an ihnen vorbei!

Nurit war außer sich, Adam atmete schwer. Er fasste sich an die Brust, sank in sich zusammen. Sie schmiegte sich an ihn, voller Furcht blickte sie ihn an. „Was war das?!"

„Nichts Gutes …", antwortete er keuchend.

„Wo sind Liebs Männer, wenn man sie braucht!" Sie half Adam auf und gemeinsam mit Fritz gingen sie nach Haus.

Ich will singen in Erkenntnis …

Qumran, Gemeinderegel

Duett

Die atemberaubende Küstenstraße in den Norden Israels erfrischte die Seele. Die galiläische Luft wurde ganz und gar durchsichtig, Möwen und Winde begrüßten einen. Und das Mittelmeer flimmerte leidenschaftlich neben den Gemäuern, den Festungen und Kliffen.

Was für Orte! Was für Heiligkeit überall! Hier ging Jesus entlang, sprach zu den Menschen, hier lag überall tiefste Einfachheit, Vornehmheit, ja Hoheit. Ein Geist, noch immer hauchend. Unverändert, heil geblieben, wunderlich und wunderschön.

*

Das Seeliger-Haus lag zwischen zwei Dörfern, die Wege, die diese Dörfer miteinander verbanden, kamen der Schöpfung der ersten Tage gleich. Ebenso muss es immer schon gewesen sein, ebenso musste es immer, immer bleiben, und eben darin war bereits alles geschehen und vollbracht.

Ein Häuschen, es war wahrlich nur ein Häuschen, aus Naturstein im Irgendwo. Zu keinem Dorf gehörend, schweigsam und behütend, gleich einer Hütte aus Stein. Die wahren *Burgen* sind, wie Qumran es beschreibt, ohnehin die *Feigenbäume* …

Landschaften, die manch einem Porträthintergrund der Renaissance ähneln, dicht und hoch gewachsenes Gras, Zikaden, sich wiegende Wipfel, runde Kronen, spitze Kronen, dunkles Grün, zart geschlängelte Staubwege. Alles bauscht sich in Fülle auf, alles ist Seelenschule, Herzensbildung. Wer hier aufwächst, würde alles lernen, was er zum Leben, zum Lieben, zur Feier Gottes braucht. Liebe durch Liebe. Schönheit durch Schönheit. Ja, Jesus wäre so oft, so wunderbar und licht nachzuvollziehen.

Das Auto hatten sie im Dorf abgestellt. Und die Wege waren überhaupt nicht mühselig für Adam. Im Gegenteil, sie hoben ihn, sie führten ihn. Er schwebte. Trug einen Korb und eine Tasche bei sich, schwitzte so echt und gewollt und lauschte den Vogelgesängen. Nurit ging vorneweg, als könne sie es kaum erwarten, endlich die Tür zu öffnen, als wäre es ihr Heim, fortan.

Als sie schnaubend ankamen und der Spätsommer sich mitsamt seinen Insekten und Düften in ihrem Haar und auf ihrer Haut eingefunden hatte, ließen sie sich auf den Stühlen in dem ersten Raum, der auch die Küche war, nieder. Die niedrigen Decken und die steinige Kühle taten gut. Ein kleiner Ofen, etwas Geschirr, Kerzen und ein Waschbecken befanden sich hier. Es schloss sich noch ein weiterer Raum an, der nur durch eine offene Wand voneinander getrennt war. In dem einen Zimmerchen standen zwei Betten, ein Ehebett und ein kleineres, außerdem ein Kleiderschrank aus dunklem Holz. Und in dem Nebenzimmer gab es zwei Sessel, ein Teppich war ausgebreitet, einige Bücher lagen herum. Ein kleines Bad befand sich neben der Küche. In diesem Häuschen lagen Freiheit und Kultur und festliche Ruhe, um die man sie beneidete. Jerusalem, mit seinen königlich goldenen Kuppeln, den schwarzgrünen Hügeln und seinen weißen Bauwerken war ernster gestimmt. Hier war dieser Ernst, das zweifellose Leiden, von Verspieltheiten geschmückt.

Nurit warf eine Tischdecke aus, füllte die Schalen mit Obst, legte die Brote auf den Tisch, kühlte die Getränke im Schatten und öffnete alle Fensterchen. Dann kniete sie sich zu Adam, zog seine Schuhe aus und legte ihm nasskalte Tücher um die Waden. Dabei sah sie ihn kaum an, sondern war ganz dabei, ihm gut zu tun, gab sich Mühe wie ein Kind, war selbst ganz außer Atem und zeigte es nicht.

Sie legten sich auf das Bett und ruhten sich aus …

Flüsternd knisternde Gesänge drangen aus dem Land zu ihnen durchs Fenster.

*

Am Abend, Nurit stand am Ofen und bereitete Fisch zu, legte sie eine CD in den kleinen Recorder, der über ihr im Regal stand. Adam saß am Tisch, die Türe stand weit geöffnet, in Nacht übergehender Abend färbte sich Violettgrau, die Zikaden wurden lauter, der Wind schwerer.

„Die einzigen zwei Männer in meinem Leben, bevor du kamst, waren mein Vater und –" Sie drückte auf den Knopf und sie lauschten.

Wise men say … only fools rush in … but I can't help … falling in love … with … you.

„Du sprachst über Werke, die durch Gott zu uns kommen, zu uns in die Welt kommen. Seine Stimme, Elvis Presleys Stimme, ist für mich ein solcher Gottesbeweis." Sie fuhr fort zu kochen, briet den Fisch in heißem Öl an. „Diese Wärme … zusammen mit diesen süßen Melodien. Ich wusste schon als Kind, es gibt keine größere Stimme. Keinen heiligeren Gesang. Ich weiß, dass in keiner Kirche, zu keiner Zeit und nirgendwo ein solcher Klang aus der Kehle kam oder kommt oder kommen wird."

Shall I stay … would it be … a … sin … if I can't help … falling in love … with … you.

„Er hat das niemals gelernt, verstehst du, er hat einfach begonnen zu singen. Und … und in seiner Kehle hat Gott sich … hat Gott sich ein Schloss errichtet", sie deckte auf, „ich gehe sogar so weit zu sagen, dass seine Stimme so heilig ist wie ganz Galiläa!"

Like a river flows … surely to the sea … darling so it goes … some things … are meant to be …

„Du … du sprachst von Vollkommenheit. Auch hierin liegt Vollkommenheit, wie du sagtest, *vollkommene Vollkommenheit.* Und wie, sag es mir, wie kann man das nicht lieben? Wie kann man eine solche Stimme nicht … verehren? *What is it, they don't like?* – Wie es in diesem wundervollen Film heißt. Ich meine, würde die Welt hören, was für Dinge schon verkündigt wurden, und zwar fern der Gottesbücher und fern der Gotteshäuser – *menschengemachte* Heiligkeit! *Freie* Heiligkeit!"

Take my hand … take my whole life, too …

„Adam, diese Zeilen! *Take my hand … take my whole life, too.* Hast du jemals, jemals … jemals etwas Schöneres gehört?"

„Nein …" Adam saß unbeweglich da, seine ganze Innerlichkeit war auf sie gerichtet.

„Nein, denn das ist das schönste Lied, das jemals über die Lippen eines Menschen ging. Ich meine, ich meine *take my hand … take my whole life, too.* Es gibt dann nichts mehr, nichts mehr. Nur noch Liebe. Liebe oder Nichts. Liebe oder Tod."

Adam sah sie genau an, sah, wie sie wieder zu glühen begann. Wie sich ihre hellen Wangen rosig färbten, wie ihre schwarzen Bogenbrauen sich hoben, wie ihr Mund verzweifelte, wie ihr ganzes Herz offen lag.

„Adam – *Take my hand ... take my whole life, too*. Das ist ... das ist alles, was *ich* weiß. Das ist alles –" Sie stockte, Tränen füllten ihre Augen. Sie legte das Besteck nieder. „Und ich weiß, das es *alles* ist."

Adam erhob sich, hinkte ohne Stock zu ihr, blickte auf sie herab, streichelte ihr Kinn, ihren Hals, ihr Haar. Immer wieder. „Ja", sagte er, „das ist alles, das ist alles.

Was mich immer faszinierte", er nahm wieder Platz, „ist *Are you lonesome tonight*. Ich habe es, ebenso wie Mozart, mein ganzes Leben lang gehört, und immer blieb es rätselhaft ergreifend. Die Version, in der er lachen muss ... das ist das Traurigste, was es nur gibt. Nietzsche sagt, er glaube nur an einen *Gott, der tanzen, an einen Gott, der lachen kann*, als habe er ihn vorausgesehen, ihn, diesen einfachen Menschen mit der göttlichsten Kehle aller Zeiten. Das ist ... das ist sehr geheimnisvoll, Nurit, sehr geheimnisvoll, und ich fühle Schauer, wenn wir so darüber reden. Elvis' Lachen, dieses echte Lachen, dieses herzzerreißende Lachen – nein, es gibt nichts Edleres. Noch nie hat ein Mensch hoffnungsloser, verlorener, leidender gelacht. Noch nie. Noch nie hat ein Mensch in diesem Lachen doch eigentlich so sehr geweint. Noch nie war es so grausam und großartig zugleich, Gott zu lauschen. Und dieser regenbogenfarbene Umfang seiner Stimme, ohne Riss bis zum Ende, rein wie ein Brillant!"

„Wer bei seiner Stimme nicht weint, gehört nicht zu uns." Nurits Worte klangen beinah finster. „Ich meine es ernst, wer das Göttlichste nicht erkennt, hat keine Seele in sich. Kannst du dir vorstellen, dass es Menschen, dass es Idioten gibt, die ihn nur mit Rock 'n' Roll gleichsetzen, die ihn nicht, die seine Stimme, seine Musik *nicht mögen ?!*"

Adam verliebte sich sehr in die aufgebrachte Makkabäerin. „Nein, ich kann es mir nicht vorstellen, und doch ist es wahrscheinlich so, denn wohl weiß ich um der Menschen Dummheit und Seelenleere. Sie haben sogar einen gewissen Reiz daran, das offensichtlich Göttlichste zu widerlegen. Das ist die

Methode der Kleinheit, nämlich das, was durch die Geheimnisse des Seins längst der Ewigkeit übergeben ist, längst unbestreitbar groß ist, einfach einmal als das Gegenteil hinzustellen. Dabei werden sie freilich zu Würmern, entstellen sich selbst zu erbärmlichen Versagern der Erkenntnis."

Nurit hob das Glas mit Traubensaft. „Auf Elvis und die Göttlichkeit!"

„Auf Elvis und die Göttlichkeit!", rief auch Adam und schaute ihr lang, lang in die schwarzen Blicke …

* * *

Am nächsten Tag erwachten sie spät. Auch wenn Adam eigentlich ein Frühaufsteher war, so tat ihm das Ausschlafen doch besonders gut. Eine neue Erschöpftheit hatte sich über ihn gelegt und kitzelte seine Knochen und Muskeln. Leben. *Echtes liebendes Leben.*

Am Nachmittag setzten sie sich auf die Wiese vor dem Häuschen, ein schmaler hellblauer Silberstreifen des Meeres glitzerte am weiten Horizont, ging nahtlos in den ruhigen Himmel über.

Sie betrachteten die Landschaft: Das moosig bergige Galiläa, durchzogen von untergegangenen Dörfern, lag wie vor ihnen ausgebreitet. Alles war hörbar, sichtbar. Alles war wertvoll.

„Was hat dich begeistert an Autographen?"

„Mich hat vor allem begeistert, dass sie meinen Vater begeistert haben", entgegnete sie Adam.

„Was er tat, bedeutete mir allein schon Kostbarkeit. Ich wollte all das wiederholen, wollte weiterführen, was er schon weitergeführt hat. Weißt du, Eli und ich zählen nicht zu den Kindern, die verwerfen, was ihre Vorfahren geschaffen haben. Es war sicher, dass eine von uns einmal das Geschäft übernehmen wird. Das war gar keine Frage. Es war innerlich entschieden."

„Wie ist Elischeba?"

„Sie ist eben meine Schwester, mein Engel. Sie ist sehr hübsch und sehr lieb. Sie … hat ein großmütiges Herz. Ist begabt und verständig. Sie ist außerdem sehr verliebt und sehr glücklich und sie wird noch viel glücklicher sein, wenn sie erst erfährt … was hier alles geschehen ist in ihrer Abwesenheit." Nurit legte sich neben Adam auf die Decke, er umfasste sie. Sie strich mit ihrer offenen Hand über die Halme.

„Ich war … schon immer so, wie ich jetzt bin. Bin zur Schule gegangen, im Anschluss dann Wehrdienst. Da kommt man hier nicht umhin. Was für eine Zeitverschwendung, Adam. Ich habe es gehasst, zutiefst gehasst. All diese toten Monate … wofür? Naja, und dann kam die schöne Zeit mit Aba, er hat immer gesagt, du musst nichts mehr lernen, was du hierfür brauchst, kann man gar nicht lernen: Auge und Geschmack. Und so bin ich sein Partner."

„Das ist herrlich!"

„Ja, und es macht Spaß. Je älter ich wurde, desto mehr übernahm ich die Reisen, das Begutachten und Aussuchen und Kaufen und Verkaufen. Ich werde das niemals loslassen, denn es ist mein Vater in alledem …"

Adam legte seinen Arm noch fester um sie, drückte sich gegen ihren Rücken und schloss die Augen beim Federduft ihres Nackens.

* * *

Nachmittags lag zauberischer Sommerrausch über den Hängen. Sie gingen spazieren. Eine ganze Weile schwiegen sie.

Ein kleines Kind mit springenden hellbraunen Löckchen kam auf sie zugerannt. Es war womöglich erst drei oder vier Jahre alt. Es rannte geradewegs zu Adam und fiel vor ihm nieder, weinte. „Wo kommst du kleiner Mann denn jetzt her?" Adam bückte sich und nahm ihn auf den Arm. Der kleine Junge hörte auf zu weinen, umfasste Adams großes Gesicht mit seinen winzigen Händchen und drückte es zusammen, hielt es wie einen gefundenen Schatz.

Adam lächelte.

Die Eltern, offenbar Muslime, kamen über die Anhöhe und grüßten. Doch der Kleine wollte nicht von Adam weichen und führte seine zu Adams Nasenspitze, so nah, bis sie sich sanft berührten. Viele Minuten vergingen so und die beiden rührten sich nicht.

„Nurit?", fragte Adam, das Gesicht noch immer von den Händchen des Jungen umrahmt. Der Himmel schob sich in aprikosener Weite auf.

„Ja?"

„Ich liebe dich."

Vielleicht war hinter dem Apricot ein Gold und hinter dem Gold ein neues Blau und dahinter viele weitere Himmel, viele viele weitere Himmelsreiche …

„Ich liebe *dich*, Adam, ich liebe *dich*."

„Nurit?"

Und vielleicht folgten auf diese Reiche wiederum Himmelsreiche, Ewigkeit auf Ewigkeit.

„Ja?"

„Heirate mich!"

Du hast geschaffen den Hauch auf der Zunge und erkanntest ihre Worte
und setztest Frucht der Lippen fest, bevor sie entstanden,
und bestimmtest Worte mit einer Meßschnur und den Klang
des Hauches der Lippen nach Maß.
Und du ließest Laute hervorgehen nach ihren Geheimnissen
und die Klänge der Atemstöße nach ihrer Berechnung, um kundzutun
deine Herrlichkeit und deine Wunder zu erzählen ...

Qumran, Loblieder

Arie

Adam erwachte. Es war vielleicht erst gegen fünf Uhr morgens. Der Himmel schien wolkig. Das Streichen der Baumkronen und Gräser umsäuselte sie.

Neben ihm schlummerte Nurit, die Schwanenschultern leicht hebend und senkend. Der Atem eines Vögelchens kam aus ihrer Brust.

Als Bote der Lebensbeschwörung gelangte er nun ins Leben selbst. Plötzlich lag eine Frau bei ihm, ganz nah bei ihm, sich ihm so ganz gebend und versprechend – es konnte nichts Phantastischeres geben, als wenn ein Mensch sich einem so gibt.

Er dachte an einen seiner funkelnden Radiobeiträge im *Radio Vatikan*, jene Reden, die Joseph als Kardinal immer *Adams Reden* genannt hatte. Und er ließ sich keine Sendung entgehen, manchmal rief er Adam unmittelbar danach an und bedankte sich für die neuen Glaubensperlen, die Adam verstreut hatte, ja bestand sogar mehrmals darauf, Adam als den *eigentlichen Mozart des Glaubens* zu feiern. Schließlich wurde aus dieser internen Wendung Josephs eine gleichnamige Sendung, ein eigenes Format, das wöchentlich ausgestrahlt wurde und in der Adam ganz frei, al fresco und fern der gelernten Theologie über Glauben und Seele sprach.

Die Tempel, zu denen seine Betrachtungen aufstiegen, und auch das Glaubenserlebnis selbst, das einem widerfuhr, wenn man ihm lauschte, brachte ihm schnell Gegner ein, die das natürlich nicht offen aussprechen durften, die aber zutiefst eifersüchtig waren auf diesen fremden Engel, der alle Worte zu bannen schien, Heiligkeit nicht nur beherrschte, sondern sogar *geschehen* ließ.

Die schützende Hand Josephs ließ ihn sehr groß werden, seine Sendung fand dermaßen viel Beachtung, dass Adam hin und wieder von bösen Blicken geradezu ummauert war …

Wirklichkeit

Ist es nicht so, dass immer mehr Menschen meinen, *wirklich* sei nur das, was nicht tiefer in sie hineinreicht? Die Oberfläche, alles, was nicht an der Seele beteiligt ist, ist demnach realistisch? Alles, was nicht durch das Fühlen entsteht und ihn drängt und führt, all das sei das eigentlich Wirkliche?

Was für eine traurige Verleumdung der wirklichen Wirklichkeit! Was für ein Aussetzen eigentlicher Menschlichkeit!

Denn was ist mehr Vergehen am Menschen, als ihn zu einem Verfechter der sogenannten Realität und zu einem Verleumder der Wirklichkeit zu machen?

Je mehr wir uns von uns selbst forttreiben, desto mehr sind wir Gefangene einer nur scheinbaren Existenz, die uns ja gar nicht mehr benötigt, die längst selbst und immer losgelöster von des Menschen Befehl handelt. Erschreckend, nicht, wie alles von selbst geschehen könnte, ohne Mensch. Da wundert es einen nicht mehr, wenn das wirklich Wirkliche, nämlich *Seele*, nicht mehr geachtet, nicht mehr gesucht, nicht mehr vollbracht wird.

Die Menschen sind ihrem Innern fremd geworden. Diesen Schaden kann man so schnell nicht beheben. Denn sie *verzichten* sogar auf Innerlichkeit, auf Gefühl – stehen all diese Schätze doch für das Gegenteil ihrer Realität, ja schaden ihr sogar. Sie können sich nicht mehr festlegen, sie wagen kein Urteil und keine Wertung mehr, sie lassen die zweifellos wertvolle Demokratie als Staatsgebilde auch zur Form ihres Herzens werden, dies aber ist gefährlicher, als wir denken, denn wozu in Gottes Namen denn das *Herz* ausnüchtern und ausgleichen? Wofür? Wenn der Mensch in seinem Herzen nicht mehr die Fülle genießen, nicht mehr als *innerer* König und *innere* Königin das Leben unterwerfen und darin unumstößlich sein kann, dann sind Ausmaße der Unmenschlichkeit erreicht, die einen verzweifelt stimmen.

Würde. Das ist nichts anderes als menschliche Höhe, das Fest einer jeden Existenz. Doch wenn die Menschen untereinander keiner *Ordnung*, keinem Lichtgesetz, ja der Schöpfung nicht mehr vertrauen, dann treten sie *selbst* ihre *eigene* Würde mit ihren *eigenen* Füßen. Wenn alles glatt, wenn alles möglich geworden ist, wenn Erhebungen der Seele zum Anspruch des Lebens sich nicht mehr regen dürfen, das Bedürfnis und Verlangen nach nur *einem* Menschen als altmodisch und unmögliche Träumerei abgetan und belächelt, die Reinheitsschönheit eines unberührt wartenden und dann, wenn es so weit ist, aber umso jubelnderen Geschöpfes allesamt nicht mehr erlaubt, nicht mehr gewollt ist, ja nicht mehr dieser Zeit und ihrer großen verfaulenden, verwesenden Realität entspricht – dann ist Einsamkeit und Warten auf *seinen* Menschen der einzige Weg.

Ewigkeit gibt es in keinem Gotteshaus zu kaufen. Sie kann nur *gelebt*, kann nur *geliebt* werden. Sie bildet sich zwischen zwei Menschen, zwischen Mann und Frau, die einander Spiegel und Absolutheit werden, die sich nicht mehr trennen, die nicht fallen, die nicht vergehen – sondern ihre Ewigkeit schon im Dasein, in der Ehe beginnen und sie dann in bunten Seidenbändern des nicht aushauchenden Atem Gottes weiter wehen lassen …

Liebe ist die *einzige* Wirklichkeit. Alles, was nicht durch Liebe entsteht, ist das eigentlich Nebensächliche. Neben der Liebe erscheint doch alles lächerlich. Nur Liebe, die liebt, wird niemals stürzen, wird niemals enden, wird niemals schwächeln. Sie ist unsere Heiligkeit. Sie ist die Geburt Gottes. Sie ist sein wahres Gemach.

Was nie gelang und aufging, war auch niemals, niemals Liebe. Denn Liebe irrt nicht und schwankt nicht und fehlt nicht.

Anmaßend sind also keineswegs meine Worte oder gar der Glauben oder die Kirche, sondern anmaßend ist der Mensch, der Mensch allein, der alles beansprucht, ohne zu lieben. Der beginnt, was er selbst einmal beschmutzen wird, der tatsächlich glaubt, Fehler machten ihn nur immer schöner.

Wer Treue schenkt und empfängt, muss dies auch wissen und nach außen hin verkünden und dies nicht nur *als einen Weg von vielen* ansehen. Es muss unmissverständlich sein, wofür er steht: Man ist erst Mensch, wenn man sich einem anderen, nämlich seinem Lebensmenschen, ganz hingibt. Was man dann an *Wirklichkeit* spüren wird, lässt alles hinter sich zurück und ist die wahre Klarheit, kristallene Gewissheit, ist die eigentliche Realität!

Und sie aßen Blut.

Qumran, Damaskusschrift

Rezitativ

Nurit und Adam gingen ins Dorf Safed, um einzukaufen. Safeds Wohnhäuser drängten sich auf steilen Hängen aneinander. Seen und Flüsse blinkten aus der Entfernung. Nurit schwenkte den Korb vor sich her, mit der anderen Hand hielt sie Adam. „Wie stehst du zum … wolltest du je Priester werden?"

„Ja. Ich wollte Priester werden. Das war für mich der Beruf der Erleuchtung. Aber ich wollte eine Frau und Kinder dazu, ich wollte, während sie mich reden hören, ihre Gesichter, ihre Augen sehen. Wer andere die Schönheit des Seins lehrt, der muss es doch selbst leben, der muss es doch fühlen, jeden Tag, und das Leben berechtigt ihn dann doch erst zur Wiedergabe. Aber … aber leider ist es nun einmal anders in der Katholischen Kirche, und Protestant, nein danke. Die sind mir zu glatt. Also habe ich das Priesteramt aufgegeben." Er sann nach.

„Aber du sprichst wahr, das müssen die doch auch selbst fühlen, die müssen doch sehen, dass das gegen das Leben ist!"

„Sogar gegen Gott. Ich habe Klöster immer geschätzt für ihre Abgelegenheit, es gibt wunderbar düstere Klöster in Russland, Gemäuer irgendwo zwischen Wald und Feld und Dunkelheit. Aber Mönch- und Nonnentum sind ein gewaltiger Irrtum. Eine Nonne ist Gott nicht vertrauter oder lieber oder gar näher, und es ist sogar eine Frechheit, dies zu behaupten. Die wenden sich ja vom Leben ab und damit von der Schöpfung, von Gottes Plan, um etwas Höheres einzuschlagen, gibt es aber etwas Höheres, von Gott Vorgesehenes als das *Leben* und verschmähen sie damit nicht Gott?"

„Ja … nur manche haben vielleicht nicht so viel Glück wie wir …"

„Die ganze Phantomisierung des Fleisches, die karge Entsagung, all das – wofür? Warum genießen die Gott nicht? Das Zölibat ist gegen das Leben, gegen die reine, zarte, ewige Liebe und damit gegen Gott.

Nicht jedoch bei denen, deren Lebensbegleitung ebendiese Einsamkeit ist, Männer wie mein Freund Joseph oder … oder *Jakobus der Gerechte*, ihr Leben ist das Vermähltsein mit dem Licht. Sie gehören zu sich selbst und wissen dennoch *alles* von den Geheimnissen Gottes … besitzen so etwas wie einen ständigen verheißenden Urgrund in sich, nun, das sind große Ausnahmen.

Die Rollen aus Qumran jedoch sind Lebensatem. Diese großen Ausnahmen, die darin berichtet sind, können nur aus dem Gelebten herrühren. Das ist nichts Ausgedachtes, nichts bei der Schwäche Endendes, sondern unbedingt widersprüchliches Geschmeide und Gold menschlicher Aufzeichnungen.

Bilder, die einem in den Kopf und in die Seele gezeichnet werden, mit Feuerstiften. Der Mensch wird wie ein Diamant ins Licht geworfen, und dann, ja dann soll entschieden werden, wer er *wirklich* ist!

Die Evangelien, an denen, wie Nietzsche sagt, irgendwie nichts *Göttliches* zu finden ist, oder die verkrampften Gebote der Thora oder die so verhängnisvolle Betörung des Korans, nun ja, sie reichen einfach nicht an Qumran heran."

„Wer das Leben nicht besitzt, kann auch nicht davon erzählen, es lehren", fasste sie zusammen und empfand selbst raffinierten Stolz dabei.

„Er *darf* es nicht lehren", rief Adam ernst, und nicht die Blicke Nurits bemerkend, die ihn die ganze Zeit beobachtete und sich wieder fragte, woher er all das wusste und ob er nicht wahrhaft ein Adam, ein *erster* Mensch war, dem Gott Wahrheiten eingegeben hatte, die ihm, Adam, Kunde brachten von den Ordnungshütern der Lebensbahnen, und ob er nicht damit auch wieder, in all diesen leergesogenen Zeiten, der *letzte* Mensch war?

Nachdem sie in Ruhe eingekauft hatten, nur einige Dinge wie Getränke und frisches Obst, kehrten sie zurück zum Häuschen. Der Himmel war noch immer bedeckt, aber es war sehr schwül. Je näher sie dem Haus kamen, desto deutlicher vernahmen und sahen sie Dutzende im Tiefflug über sie hinwegdonnernde Hubschrauber in Richtung Norden.

Adam erschrak, doch Nurit nahm es gelassen. „Das ist bestimmt … wegen dir, wegen des Anschlags auf dich. Die Sicherheitsbehörden befürchten ja nun, dass es wieder losgeht. Und hier im Grenzgebiet zeigt man immer doppelte Präsenz." Sie verzog den Mund zu einem verzweifelten Lächeln. „Wir sollten weg hier."

„Nurit, hör mich an. Lass uns für eine Weile fort, wir sehen deine Eltern wieder, aber für jetzt, für jetzt ist es einfach zu gefährlich, und ich will, ich *muss* dich schützen! Lass uns Jerusalem verlassen, komm mit zu mir, in die Wachau, in mein Haus! Ich habe dort Wiesen, die mir gehören, Bäume, die jetzt auch dir gehören. Lass uns uns heute noch von deinen Eltern verabschieden und ich verspreche dir, dass wir sie so bald wie möglich wiedersehen werden, hier oder bei uns!"

„Ja … ich habe auch schon daran gedacht, dass es hier nicht sicher ist. Aber Adam", sie warf sich um seinen Hals, „was will man nur von dir? Was bedeutet das alles? Warum quält man dich so?"

„Ich weiß nicht, irgendetwas ist in der Luft, das spüre ich. Aber ich weiß nicht, was es ist. Ich kann mir einfach nichts denken, das ist absurd. Ich habe doch nichts getan, nie etwas verbrochen, bin rein. Das kann doch alles nicht mir gelten? Dieser Anschlag kann doch nicht mir gelten? Aber ich weiß, dass wir erst einmal weg müssen, und wenn … naja, nach unserer … Hochzeit, bald, *sehr bald*, da … da würden wir ja auch in die … Flitterwochen." Er schmunzelte verlegen.

Sie küsste ihn, küsste ihn unzählige Male mit ihren weich feuchten, edlen und schmalen Lippen, und ihre Küsse schmeckten salzig wie die Wellen … denn Tränen hatten sich zwischen sie geschlichen, heiß und untröstlich, still und schwer und voll unendlicher Liebe für diesen Mann.

*

Abschied zu nehmen von diesem galiläischen Hochland bedeutete, dass die Brust drückte, schmerzte. Ihm war, als er vom Auto aus in die Weiten des Meeres und der Hügel schaute, als winkten ihm Geister des Windes lange nach. Und das Adagio der Sinfonie Nr. 39 segelte mit ihnen fort.

*

Jerusalem war aufgeladen wie immer. Touristen schoben sich durch die Gassen, sammelten sich an der Klagemauer, drängten sich in den Souvenirgeschäften. Eine sehr beunruhigende Gereiztheit ging um. Diese arme, prunkvolle, bedrängte Stadt.

Nurit hielt das Auto am Zionstor. Sie gelangten ins Jüdische Viertel. Die Cafés waren übervoll, es war unerträglich. Aus einem jüdischen Restaurant kam Musik, der berühmte Tango vom *Duft der Frauen* … die Violinen setzten verwöhnt und verführerisch träge an …

Dann, wie ein Sekundendonner, wie im Nu, gab es eine Explosion! Dunkelgrauer Rauch quoll überall hervor, Schreie über Schreie, grässlichste Schreie! Adam hatte irgendetwas, einem sehr starken Orkan gleich, niedergeworfen, er spürte Nurits Hand nicht mehr, er sah nichts! Nurit, wo war Nurit? Der

Qualm löste sich ein wenig auf, die Schreie mischten sich mit den Violinen, schief und schrill, wie Sirenen stachen sie in sein Ohr, er fühlte so etwas wie einen Hörsturz, und vor seinen Augen schwirrte alles in Zeitlupe! Er erhob sich, Nurit, immer wieder Nurit suchend! Auf dem rot getränkten Pflasterstein lagen Körper, Leichen, sein Fuß trat auf etwas warm Fleischiges, es war ein Unterarm! Er ging weiter, mit den Armen wie ein Blinder die Luft tastend, ein Mann streckte flehend die Hand nach ihm aus, stöhnte, sein Auge war zerfetzt, ein Teil seiner Schläfe abgetrennt! Nurit, wo war Nurit? Adam war gelähmt in seinem Herzen! Er drehte sich und drehte sich! Eine Frau torkelte an ihm vorüber, ihr ganzer Brustkorb war aufgerissen, man sah die Rippen elfenbeinern durchschimmern, sprudelnd bräunliche Flüssigkeit austreten, sie übergab sich im Gehen und wankte ziellos weiter! Nurit! Nurit! Adam schrie nach ihr, doch er konnte seine eigene Stimme nicht hören! Er versuchte es, so laut er nur konnte, brüllte ihren Namen, aber ihm war, als bewege er nur die Lippen! In seinem Ohr zitterte ein höllisch spitzer Ton, gleich einer Nadel, immer noch die Melodie des Tangos! Nurit! Nurit! Gesichter wie in Blutmasken, Hautfetzen klebten überall, Transparente, von denen das Fleisch in schweren Tropfen abfiel, Geruch von verbranntem Gedärm und Kot, Hitze wie Flammen! Nurit! Adam blieb stehen, rieb sich die Augen, die Lippen waren vertrocknet, eingerissen, Blut schmeckte er in den Furchen seiner Lippen, Blut! Blut! Nurit! – Adam! Adam! Er hörte seinen Namen, hörte ihre Stimme, Nurits Stimme, sie gaben nicht auf, bis sie einander gefunden hatten! Schoben sich schnaubend, weinend durch das Leid! Dann fielen sie sich in die Arme! Er hielt sie fest umgriffen, drückte ihren Kopf gegen seine Brust, dann packte er sie an den Armen, schüttelte sie und rief wie außer sich: „Bist du verletzt? Hast du … blutest du?! Nein, du bist nicht … aber das ist wie ein Wunder! Du bist unverletzt! Du hättest … du hättest … Gott weiß was!"

„Ich bin gestorben, ich dachte … ich dachte, ich bin *tot*! Ich dachte, ich habe dich verloren!" Sie hörte nicht auf zu schluchzen.

„Wir sterben … *zusammen*, wir … werden einmal, eines Tages, gemeinsam sterben! Hörst du? Nicht hier und nicht so! Hörst du?!"

„Adam, dein Bein, dein Knie … geht es, bist du verletzt?"

„Was?! Was sagst du?!"

„Dein Knie!"

„Nein, es ist nichts mit mir … ich, ach verdammt!" Er hörte wieder nichts. Aber die Bewegungen wurden wieder deutlicher und fassbar und die Zeit war wieder da, fort, ihr gleißendes Loch der letzten Minuten, die keine Minuten waren, sondern Hölle.

„Adam, was ist, was hast du?!"

„Mein … ich höre nichts!" Er zog sie mit sich. „Komm, lass uns weggehen von hier, komm!"

„Adam, ich … ich glaube, mir ist schlecht … ich … ich muss mich …" Nurit bückte sich mit einem Mal.

„Komm jetzt, komm, weg hier!" Adam krallte sich in ihre Hand. Er würde sie nie wieder loslassen, *nie wieder*.

*

„Haben wirr Bekennerschreiben von Dshihad, aberr eigentliche Druck kommt von Hamas. Herr Tessdorrff, was soll ich sagen, schon wiederr Sie."

Adam saß in sich zusammengesunken da, starrte auf den Boden. Er schüttelte nur immer wieder den Kopf.

„Jetzt alles ist Reaktion, wie sagt man, Kettenreaktion, ja? Aberr begonnen hat mit Ihrrer Ankunft. Und noch immerr wirr wissen nicht, werr hat verübt den errste Anschlag. Wissen wirr nicht, ja?"

Nurit saß neben Adam und blickte ihn erschrocken an.

„Dieserr jungge Mann …", versuchte Lieb herauszulocken.

„Tamim? Was ist mit ihm?", fragte Adam aufgebracht.

„Ist err vielleicht nicht ganz sauberr ..."

Nurit sprang auf. „Hab ich es doch gleich gewusst! Hab ich es doch gesagt!" Dann murmelte sie etwas Hebräisches in sich hinein. Sie war bleich wie ein weißes Stück Papier.

„Nein, das ... das ist nicht möglich. Warum sollte ... er mich ... das passt nicht! Ich kann das nicht glauben!" Adam blickte von seinem Stuhl auf, als sei er dies alles leid.

„Hat Allah auch verführrt Ihrre junge Frreund! Ist möglich!"

„Nein, das glaube ich nicht ... das kann doch ... nicht sein." Adam rieb sich die Brust. „Das ist doch nicht möglich, oder? Er lag in meinen Armen, er hat ... geweint, in meinen Armen."

„Hat er gut gespielt!"

„Ich wusste es doch, die ganze Zeit wusste ich es!" Nurit sprang wieder auf.

Adam fühlte Nebel in sich. „Ich weiß überhaupt nicht mehr, was ich glauben soll. Wir ... wir haben ohnehin schon entschieden, das Land zu verlassen, heute hatten wir es entschieden. Wissen Sie, wir wollen heiraten und ... und ... ach, mein Kopf tut so weh!" Er fasste sich an die Stirn. „Wir werden das Land verlassen, morgen schon. Nurit?"

Sie war in wilden Gedanken. „Was? Ja, ja, sicher werden wir das ..."

„Morgen sind wir weg."

„Und bitte keine Reisen mehrr durrch Israel." Lieb warf Adam und Nurit einen durchschauenden Blick zu. „Ja, wissen Sie, ist besserr so, denn wie ich soll sagen, ich will nicht unhöflich sein, aberr Sie brringen Jeruschalaijm ... Unglück. Jetzt ich scherze, aberr in Wahrrheit alles ist furchterrlicher! Sieben Jahrre, *sieben* Jahrre", und Lieb fuchtelte vergeblich mit den Händen, „warr ruhig. Und jetzt kommt derr ganze Krieg wiederr! Das ganze Blut! Die ganze, wie sagt man, die ganze Welle von Terrorr wiederr ist da!"

„Aber was … habe ich nur mit alldem zu tun? Nichts! Nichts!", rief Adam heiser.

„Vielleicht alles ist ein Zufall. Auch wenn ich mirr das kaum, sagen wirr, eigentlich nicht vorstellen kann …" Lieb seufzte und warf sich auf seinen Stuhl am Schreibtisch. „Jetzt gähen die Handgranaten wiederr los, ah!" Er fluchte.

Nurit suchte die hilflose Hand Adams und drückte sie fest.

Und der Wurm der Toten richtet ein Banner auf ...

Qumran, Loblieder

Arie

Als Daniel alles erfuhr, war er zu Lieb geeilt, um Nurit und Adam zu sehen. Er und Milla waren doch in der festen, beruhigten Überzeugung gewesen, die beiden seien im Haus oben in Galiläa! Was war das für ein bleierner Schrecken, der sich über alle legte, wenn er auch längst bereute, Adam und Nurit nach Galiläa gelassen zu haben.

Der Ort des Anschlags war von Absperrbändern eingefasst, etliche Krankenwagen und Helfer in neongrünen Westen waren in Hast und Aufruhr. Orthodoxe in Anzügen und Käppchen hetzten zu Hilfe. Was war das für ein schlimmer Tag.

*

Als sie Lieb verließen und hinaustraten, gerieten sie in eine Beerdigung hinein. Der Zug der Menschen trieb sie mit sich. Ein Moslem war getötet worden. Seinen Sarg aus tiefbraunem Holz, von Kränzen übersät, trugen verwandte, stumm weinende Männer auf ihren Schultern hinweg.

Die Mutter des Toten, eine sehr schöne mittelalte Frau, war ganz wundgeschlagen an Gesicht und Hals, sie schlug sich immer weiter, andere Frauen, womöglich ihre Schwestern, versuchten sie davon abzuhalten, aber sie schlug und schlug sich, und alle paar Schritte sank sie auf die Knie und fiel zu Boden.

Ihr Anblick, es war vor allem der Anblick dieser klagenden Mutter, ließ Adam erschaudern.

Sie rief den Namen des Sohnes, als riefe sie Engel. Vor lauter Entsetzen wusste sie nicht, ob sie weinen oder schreien sollte. Ihr schwarzes Kopftuch verrutschte und fiel auf die anmutigen Schultern, das schwarze Kleid hüllte sie in Trauer ein. Ihre langgezogenen schwarzen Augen waren voll Elend, voll Widerwillen und voll Hoffnung zugleich. Sie bat den Sohn, aus dem Sarg zu kommen, bat ihn, wieder herauszukommen, flehte ihn an, befahl es ihm. Aber die Reglosigkeit des Todes hing über dem Sarg, das Totenreich würde ihn nun *nie* mehr hergeben, denn sonst wäre es nicht das Totenreich.

Die schöne Mutter setzte sich, setzte sich einfach auf die Straße, ihr war es gleich, wo sie war, was sie tat, sie wollte nur den Sohn, den Sohn. Die Schwestern richteten sie wieder auf, aber ständig hielt sie an, um allen zu beteuern, wie prächtig er in der letzten Zeit geworden war, von welcher Schönheit sein Antlitz gewesen ist. Alle weinten, als sie es hörten.

Wieder schrie sie nach ihm! Schrie, er solle aufwachen! Er solle doch einmal aufwachen!

Dann erlitt sie einen heftigen Hustenanfall. Sie fiel auf die Knie, hinter dem langen Sarg des erwachsenen Sohnes sterbend. Nicht nur er war *gegangen*, an diesem Tag starb auch sie.

Unzählige Male bat sie Allah, den Sohn zurückzubringen, denn Allah sei doch groß und edel und Allah liebt die Menschen, und er würde ihr den Sohn schon wiederbringen.

Während der Beerdigung verstummten alle, auch die Mutter. Sie saß auf der Erde, ließ das Haupt fallen. Die Männer der Familie hielten das Gebet und hatten sich um das Grab versammelt, knieten alle nieder, knieten sich ab wie Ritter.

Eine wunderbare Andacht ging um.

Als der Sarg aber von den Männern niedergelassen wurde, indem sie das Gleichgewicht durch schwere Seile von allen

Seiten zu halten suchten, fuhr die Mutter wie irrsinnig auf und schrie! Man hielt sie zurück, sonst hätte sie sich niedergestürzt. Die Endgültigkeit all dessen war zu furchteinflößend, zu niederschmetternd.

Schwere Schaufelhiebe warfen steinerne Erde auf das Holz … dieses Geräusch, oh, dieser Klang war übergroß, hämmerte sich in die Seele.

Zu sehen, wie Menschen selbst beerdigten, ohne fremde Hilfe, ohne einen Dritten – aus der Gewöhnung an Tod den Toten in die Erde gleiten ließen, ihn überreichten, ihn übergaben. So wie sie liebten, auf diese übervolle Weise, so beerdigten sie, so trauerten sie auch. *Ganz.*

Der Arm ist aus meinem Gelenk gebrochen, und mein Fuß versank im Sumpf.
Verklebt waren meine Augen vom Sehen des Bösen und meine Ohren
vom Hören von Bluttaten.
Mein Herz ist entsetzt vom Planen der Bosheit …

Qumran, Loblieder

Finale

Daniel begleitete die beiden zu Nurit, nach einer Weile war auch Milla bestürzt zu ihnen geeilt. Und auch Elischeba hatte sofort angerufen, als sie in den Nachrichten von dem neuen Anschlag hörte. Sie weinte am Telephon, sie vergingen vor Sorge um einander. Außerdem erzählte sie, dass sie in den letzten Wochen so unruhig schliefe, nachts im Traum sprechen würde und überhaupt läge eine Kraftlosigkeit über ihr, so fern der Familie. Erez rief ebenfalls an, mehrmals, nur um Nurits Stimme zu hören.

Natürlich willigten die Eltern Seeliger dem vorläufigen Verlassen Jerusalems aus vollem Herzen, wenn auch mit großen Tränen ein. Und die Heirat würde ihre Tochter ja ohnehin auch in Adams Land führen, in die Wachau, in diese freie Welt, die zu Füßen der Donau, nahe all den wachenden Wäldern, schon bald ihren kupfernen Herbst anlegen würde …

Und dann würden sie sich schon bald, sehr bald wiedersehen, ja, ganz gewiss sogar würden sie bald schon wieder alle vereint sein.

Nurit packte, die Mutter half und vergoss immer wieder Tränen, aber sie versicherte, sie sei glücklich, es seien Tränen der Freude, und sie wisse ja nun, wie glücklich ihre Tochter sei und auch Adam. Dennoch bebte Millas Herz. Sein Kind mag man doch nie weggeben.

Daniel und Adam saßen in der kleinen Küche und blickten einander kraftlos, voller Ermattung, aber liebend an. Die vergangenen Stunden ließen sich von ihren Gesichtern ablesen. Dieser späte Nachmittag war trüb und lang.

Noch vor dem Abend wollte Adam das Qumran-Kästchen und seine Reiseunterlagen vom *King David* holen, er beschloss sofort aufzubrechen und fuhr mit einem Taxi zum Hotel, ein doch irgendwie festlicher Schimmer lag in den Straßen. Fritz hatte überlebt, wies nur an einigen Stellen Kratzer auf, diente aber sonst standhaft wie immer.

Adams Gedanken übersprangen sich, griffen ineinander und webten sich in einem fort. Eine Art ruhiger Sturm erhob sich in ihm.

Er bat den Taxifahrer zu warten, holte Kästchen und Papiere und stieg wieder ein.

Wieder prallten Wellen gegen sein Herz. Auf halbem Wege zurück zu Nurit, von einem tiefen Zauber heimgesucht, hatte er entschieden. „Qumran!", stieß er aus. „Drive me to Qumran!"

Der Fahrer zeigte sich verwundert, folgte aber dem Wunsch und fuhr hinaus.

Einmal noch dort sein, einmal noch … einmal noch, bevor ich gehe … einmal noch dort beten, wo die Höhlen allein lauschen … einmal noch den Segen der Ewigkeit holen, für das große Glück, das ihm und Nurit bevorstand!

In die Wüste! Noch einmal in das Grenzenlose, an den traurigsten Ort, den es gab, dorthin, wo der wahre Ausgleich der menschlichen Innerlichkeit erst regiert und beschlossen und sogar verfasst worden war! Liebe und Genauigkeit. Dorthin, wo Kirchen Höhlen waren und Gott das Meer.

Er steckte das Kästchen ein, seine Papiere, ergriff Fritz und Frösteln überkam ihn, ließ ihn seltsam zusammenzucken, vor Aufregung erblassen. *Einmal noch beten in Qumran.*

Er bemerkte eine merkwürdige Unruhe beim Fahrer, der alle zwei Minuten in den Rückspiegel blickend zu fluchen begann. „Diess young man biehind us is gettingg on my nerves!"

Adam wandte sich um, warf einen Blick nach hinten und sah einen vermummten Motorradfahrer dicht hinter ihnen auffahren.

„Why iesn't he overrtakingg us?"

Adam verspürte ein kurzes Unwohlsein, als er dessen gewahr wurde, und dennoch schien er es mehr und mehr zu vergessen, je näher er Qumran kam.

„So, Qumran, he? Whad do you wand der?" Der Fahrer schien Ansprache zu suchen.

„Pray …"

„Aha, diess is nice. But why der? Der are churches all overr Jeruschalam!"

Doch Adam hörte schon nicht mehr zu, trieb fort, sah hinaus und sah in abendumwitterten Umrissen die Berge und Höhlen Judäas ansetzen. Gesteigert und mächtig, Raum des unendlichen Geheimnisses. Die Ouvertüre von *Don Giovanni* zog in ihm auf, all die wogenden Klänge der Weltordnung, was für eine bleibende Flüchtigkeit und welch schnellende Geigen, welch schwarze Unschuld, was für Schönheit, Schönheit, Schönheit!

„Diess biker iess stiel biehind us." Adam erwachte. Wandte sich wieder um, der Motorradfahrer war noch immer da. Etwas Bedrohliches ging von ihm aus. *Das ist Unsinn, sagte sich Adam. Ich bin bei Gott, Gott ist bei mir und mein ist jetzt die Liebe. Mir kann und wird nichts geschehen.*

Nach etwa einer halben Stunde Fahrt waren sie da.

Adams Herz pochte.

„Listen, I will be back in twenty minutes or so. Wait here!"

Er stieg aus und hinkte mit dem treuen Fritz zum Fuße der Felsengebirge.

Eine Gruppe von Touristen befand sich oberhalb von Adam vor einer der unzähligen Höhlen.

Er schritt weiter in Richtung der Gräber, über denen sich Steine türmten.

Hinter ihm hoben sich die gemusterten, trockenen Felsen hoch in den Himmel. Weit reichten sie ins Land hinein, undenkbar zu erkunden, Hüter von Rollen, die zweitausend Jahre hindurch unberührt blieben. Vor ihm lag das Tote Meer. Der Abend, lichtlos.

Adam sah die Gesichter seiner Eltern vor sich auftauchen, die Weichheit der Mutter, die Immerlächelnde. Den Vater, fliegend. Und Nurit und ihre wunderbaren Brauen und Augen, die ebenso zu Schwingen wurden, im Goldgrau des herab fallenden, flatternden Dämmers.

„Guten Abend …" Adam fuhr zusammen, neben ihm stand jemand und blickte ebenso ins Meer. Nach einigen Minuten erst erkannte Adam den jungen Mönch wieder. „Dass ich Sie *hier* treffe! Wissen Sie denn eigentlich, wie sehr ich Ihnen danken wollte, die ganze Zeit?"

„Danken, mir?", fragte der Mönch, der wieder nur Jeans und Hemd trug, an dessen Handgelenk wieder ein Kreuz aus Messing hing und der doch gleichsam fast höhnisch klang, als er dies fragte. Adam musste sich irren. Hohn? Bei diesem Engel?

„Aber ja, Ihnen danken für Ihre Gebete! Ich habe nicht vergessen, wie Sie an meinem Krankenbett um Heilung flehten!" Adam fasste ihn an die Schulter. Etwas Kaltes durchraste ihn dabei.

„Ich … ich *musste* doch für Sie beten …" Wieder klang etwas Eigenartiges mit. Der junge Mönch hob einen Stein auf und ließ ihn übers Wasser hüpfen. „Warum sind Sie heute Abend hier?" Er sah Adam nicht an, die ganze Zeit schon war seine Aufmerksamkeit allein auf das Wasser gerichtet.

„Um hier ein letztes Mal zu beten, ich werde Jerusalem verlassen", erklärte Adam, und in diesem Augenblick warf ihm der Mönch einen forschenden Blick zu. „Es ist nicht länger zu verantworten. Außerdem bin ich jetzt nicht mehr allein … und was ist nicht schon alles Furchtbares geschehen! Ach, sagen Sie, seit wann sind Sie hier? Haben Sie vielleicht … ist Ihnen womöglich jemand hier aufgefallen? Ein Motorradfahrer?"

„Ein Motorradfahrer? Nein, eigentlich nicht. Wieso?", fragte der Mönch spöttisch, ja, jetzt hörte man es heraus.

Adam beobachtete ihn ernst. „Nun, ich wurde verfolgt, werde schon seit Tagen verfolgt von so einem Motorradfahrer. Ich kann das nicht mehr ertragen, es ist schlicht beängstigend!"

„Ja, das kann ich gut verstehen." Der Mönch ließ noch einen Stein springend übers Wasser gleiten. Er hatte es wohl in seiner Kindheit oft unternommen.

Adam rieb mit dem Daumen nervös den Knauf seines Gehstocks.

„Dann sollten wir beten. Hier und jetzt, gemeinsam …" Das ebene, düstere Antlitz des Mönches nahm einen vernichtenden Zug an. Komisch, dachte Adam, das habe ich sonst nicht wahrgenommen an ihm. Was ist nur mit ihm?

Er schloss die Augen, dachte an Nurit, dachte an all die Edelsteine, die bunten, die sie trug, als sie in sein Leben und in die Zeit eintrat, in die Zeit selbst, in Gottes Zeitalter der Liebe. Und wie nun alles um ihn und in ihm in diesen Farben erleuchten würde. Und er begann zu beten.

* * *

Die Seeligers schauten seit Stunden auf die Uhr. Nurit ging auf und ab, das Gesicht noch immer bleich von den Ereignissen, nur jetzt noch bleicher, noch angehaltener.

„Warum hat er auch sein Handy nicht angeschaltet? Es ist aus! Warum hat er es nicht angemacht? Er benutzt es ja nie, wisst ihr!" Sie rieb sich die Stirn.

„Ich verstehe das nicht, er wollte doch nur ins Hotel, um seine Sachen zu holen. Und wenn das Hotel schon vor Stunden sagte, er sei längst da gewesen, wo ist er dann jetzt? Er hat immer wieder versichert, er sei sehr bald zurück und wir sollten uns keine Sorgen machen, er würde selbstverständlich nicht alleine irgendwo herumgehen", erzählte Daniel schon zum dritten Mal.

Milla seufzte in Schüben vor sich hin, blickte von Daniel zu Nurit, von Nurit zu Daniel.

„Ich rufe Lieb an." Nurit nahm ihr Telefon zur Hand. Seine Visitenkarte lag auf dem Tisch.

Als sie ihm alles gesagt hatte, versprach er, sich umgehend wieder zu melden. Nach etwa fünf Minuten kam sein Rückruf. Nurit lauschte verstört. Dann setzte sie sich wie hypnotisiert hin und schaute ins Leere. Lieb hatte aufgebracht berichtet, dass der Taxifahrer selbst schon im *King David* angerufen und mitgeteilt hatte, dass der Gast nicht von seinem Spaziergang zurückgekehrt sei, dass er ihn auf dessen plötzlichen Wunsch hin nach Qumran hinausgefahren habe, aber dass er von seinen Gebeten und von seinem Gang nicht wiedergekommen war. Außerdem seien sie die ganze Fahrt über von einem Motorradfahrer verfolgt worden. Auf dem Rücksitz des Taxis habe der Fahrer zudem einen kleinen Koran gefunden, der Adam wohl aus der Tasche gefallen war und in dem der Name eines Palästinensers eingetragen sei. Lieb hätte daraufhin angeordnet, denjenigen ausfindig zu machen. Gleichzeitig schlug er Nurit vor, nach Qumran zu fahren.

All das war verwirrend und doch nur schreckensvoll. Warum war Adam ohne sie nach Qumran gefahren? Was ging in ihm vor, das zu unternehmen, bei all der Gefahr?

Nurits Herz schnürte sich zu, zog sich zusammen. Sie wartete, bis Lieb sie abholte, Daniel kam mit, Milla hielt es nicht aus und blieb lieber in Nurits Wohnung zurück.

Während der Autofahrt rief Lieb immer wieder im Polizeibüro an. Tamim sei in der Wohnung seiner Eltern festgenommen worden und nun beim Verhör, sei aber sehr wütend, weil er nicht wisse, was das alles zu bedeuten habe, und dass der kleine Koran doch nur ein Geschenk an *Mister Adam* gewesen ist.

Draußen in Qumran scharten sich allmählich immer mehr Polizeiautos um das besagte Taxi.

Der Fahrer, ebenfalls ein Palästinenser, beschrieb Adam als einen großen Kerl mit Gehstock, der hier beten wollte.

Um diese späte Uhrzeit hielten bereits rings um die Landschaft bewaffnete Soldaten Ausschau.

Die Steinküste war leer, das Meer schlug schäumende Wellen.

Nurit und Daniel gingen herum, aber wo sollten sie suchen? Diese wuchtige, über den Menschen erhabene Landschaft schien hoffnungslos, alles war so sanft verschlossen, was kümmerte diese Ewigkeit der Mensch, der Mensch, der nur aufgebracht darin suchte, was er hätte noch inniglicher beschützen müssen?

Eine lähmende, sie einfrierende Vergeblichkeit verschlang sie immer mehr und mehr.

Als Lieb dann auch noch betrübt herbeigeeilt kam, weil seine Leute Adams Gehstock geortet hatten – *im Toten Meer,* ja als sie das hörte, brach nur noch ein qualvolles Stöhnen aus ihr heraus, ihre Beine verloren den Halt, sie knickte ein, wie ein Zweig. Und sie verging.

Dann geriet sie außer sich, sie glaubte es nicht, sie wollte, *konnte* es nicht glauben! Nein, das war nicht möglich, rief sie immer wieder aus, das sei nicht möglich! Daniel hielt sie in seinen Armen, doch sie riss sich los und lief wie wild umher, ihre Tränen fielen und fielen und sie wollte es nicht glauben.

Ich sterbe, flüsterte sie ihrem Vater zu, *ich sterbe, ohne ihn …*

Totenblässe stieg in ihr auf, die Augen ragten plötzlich stumpf hervor, der Mund vertrocknete, ihr Puls stockte, sie bekam keine Luft. Das war nicht mehr Nurit, die Herrscherin, das war bereits ein durchscheinender Geist.

Wieder rief Lieb auf dem Revier an, wieder gab es nichts
Neues. Tamim bestreite immer noch alles, weise alle Vorwürfe von sich, sei sehr gereizt und wiederhole immer nur dasselbe, dass er nicht mehr von Adam wisse, als dass dieser überhaupt nur nach Jerusalem gekommen sei, um zu beten, und
auch in Qumran wollte er sich einzig zum Beten in den *Höhlen*
aufhalten.

Lieb ging in sich.

An die Höhlen hatte ja noch gar nicht gedacht. Was, wenn
Adam sich verlaufen hatte, mit dem kaputten Bein nicht von
selbst wieder herausfand und nun irgendwo lag? War dieser
große Deutsche nicht schon naiv genug, in dieses Land zu reisen, ausgerechnet hier beten zu wollen und Gottes Ruhe zu
suchen?

Als man Spürhunde aussandte, vergingen gewiss an die
drei oder vier Stunden. Allein, das Felsenmassiv war feist und
verbarg geheime Gänge und Abgründe.

Nurit weint so bitterlich, dass man es nicht aushielt. Sie
sah und fühlte Adam in sich. Seine leicht geschlossenen grünen Augen, die Ohnmacht der allerersten Begegnung, die weichen Hände, mit denen er sie in den Schlaf strich, seine Küsse …

…und wie er ihr oben in Galiläa die Liebe schenkte, die
Liebe für immer, das Leben bis zum Tod und auch darüber
hinaus, wie er strahlend um ihre Hand angehalten hatte.

*

Als man Adam fand, kam er lange nicht zu sich. Jemand hatte ihm einen Schlag auf den Kopf versetzt, es hatte geblutet
und Adam war darüber in eine Art Schlafrausch gesunken. Er
konnte kaum die Lider aufhalten, alles tat weh. Aber er versuchte Lieb mitzuteilen: „Der Mönch … es war der Mönch.“

Und das samtene Kästchen mit dem kostbaren Schnipsel
war nicht mehr in seiner Jacke.

Du ließest ihre Zunge wie ein Schwert in seine Scheide zurückkehren, ohne
dass es das Leben deines Knechtes traf.

Qumran, Loblieder

*

Als Lieb Adam am nächsten Tag das Kästchen zurückgab,
blickte er ihn nur aus den Adam bereits vertrauten Lieb-Blicken
an, diesem herrlichen einmaligen Gemisch aus Misstrauen
und Zuneigung. Adam hatte dieses Schauen so liebgewonnen,
dass er es sogar herausforderte bei dieser letzten Begegnung.
Lieb reichte ihm das samtene Kästchen und sagte nur kurz und
schnell, streng wie ein Vater, *er wolle gar nicht wissen, was da „Son-
derbares" drin sei, und es wäre sicher auch am besten, wenn er es nicht wüsste,
denn er könne sich vorstellen, die Ausfuhr solcher Dinge, nun, von denen er ja
nicht wüsste, was es sei, aber von denen er sich vorstellen könnte, dass sie eben
nicht leicht aus dem Land zu schaffen seien …*

Adam betrat, auf seinen eigenen Wunsch hin, das Verhör-
zimmer, wo nun zur Untersuchungshaft der Trinitarier-Mönch
saß. Dieser traute seinen Blicken nicht.

In langsam hinkenden Schritten, ohne neuen Gehstock,
hochgewachsen wie er war, gefasst und auf den Punkt gekleidet, in einen leuchtend grünen Sommeranzug, dem Grün seiner Augen, in denen die Geschichte aller Menschen und dessen, was sie doch eigentlich … *eigentlich* sind, glühte.

Er setzte sich ans andere Ende des blanken Tisches, in
diesen kahlen seelenlosen Raum. Der Beginn eines Mozart-
Terzetts erhob sich in ihm. *É colpa aver pietà.* Schuldig wird, wer Mit-

leid hat. Die Ruhe dieser Musik, dieser einzigen Musik, dieser Entdeckung der Musik, sang sich in ihn.

„Sie sahen doch aus wie to– " Doch Adam ließ ihn nicht ausreden. „Schweig, Verbrecher."

É colpa aver pietà …

„Nun, da ich wieder im Besitz dieses Schatzes bin, sage mir, Verbrecher, warum hast du es nicht vernichtet?"

„Ich allein kann es hüten, dieses Geheimnis."

„Was für ein Geheimnis?"

„Das, was da drin steht!"

„Was steht denn da drin?"

„Sie haben ein Rollenfragment gekauft, das schon seit Jahren auf dem Schwarzmarkt im Umlauf war, darin … darin ernennt Jesus seinen Bruder Jakobus zum *einzigen* Nachfolger. Das würde die Katholische Kirche, das würde Rom doch sofort vorführen, vor der ganzen Menschheit!"

Adam lachte laut auf, lachte wie *Don Giovanni.* „Du meinst im Ernst, das steht *hier* drin?" Er hielt das Kästchen hoch.

Der Mönch schaute abfällig.

„Hast du denn, Verbrecher, hier schon reingeschaut?"

„Ich … ich hatte noch keine Gelegenheit dazu, musste mich erst wieder in Sicherheit bringen, musste schnell wieder verschwinden, das wissen Sie doch. Auch wenn ich ziemlich sicher war, dass der Schlag auf den Kopf Sie umgebracht hatte. Darum ließ ich auch ab von Ihnen. Ich war mir wirklich sicher. Sonst hätte ich doch noch einmal …"

„Deshalb hast du mich nicht schon längst umgebracht, weil du das hier wolltest?" Wieder zückte Adam das Kästchen.

„Ja. Seit Ihren Paulus-Verleumdungen habe ich Sie im Auge gehabt. Ihre Unverantwortlichkeit gegenüber der Kirche, Ihre billige Sensationsmache, Sie und Ihresgleichen, mit Ihren neuesten Enthüllungen, all diesen Lügen!"

„Weißt du, Verbrecher, ich wäre auch gerne das Opfer für all das gewesen. Allein, in der Wachau. Dort wäre niemandem sonst etwas geschehen. Du aber bist in diese Stadt hier eingedrungen, bist ihrer unwürdig, und löst nun als Außenseiter der Wahrheit nach Jahren des Friedens wieder Gewalt und Tod und Blut aus. Israel und Palästina, diese Brüder, die sich beruhigt hatten, die sich nach Frieden sehnten, die hetzt du nun wieder gegeneinander auf, nur um mir eine Lektion zu erteilen? So viel Blut nur wegen einer kranken Vorstellung?"

„Die und Frieden? Diese Menschen hier lechzen doch nach Blut. Die brauchen das. Frieden langweilt die nur. Das ist deren Kultur, deren Herkommen. Deren Glaube ist unterentwickelt."

„Nun höre zu, Wurm und Mörder. In diesem Kästchen befindet sich ein Rollenstück, das mir ungewöhnlich viel bedeutet." Adam öffnete es, legte es ihm vor. „Wie? Verwundert? Du fragst dich, Verbrecher, du fragst dich, was das soll? Da stehe ja gar nichts von einem Jesus? Von einem Jakobus? Wie? Nun, ich muss dich enttäuschen. Für mich sind diese Worte *Erkenntnis Wege Herrschaft* bereits alles, was meine Wahrheit benötigt. *Erkenntnis* ist der *Weg* zur *Herrschaft* des Herzens. Das hier, dieses kleine Schnipselchen, ist mein Gottesbuch, ist alles, was ich wissen muss, alles, was ich wissen will.

Bist du denn, Mörder, wahrlich so dumm, wahrlich so blöde, zu glauben, Jesu Nachfolge sei auf diese lächerliche Weise festgehalten: *Ich, Jesus von Nazareth, ernenne hiermit meinen Bruder, Jakobus den Gerechten, auch bekannt als der Lehrer der Gerechtigkeit, und nicht Petrus zu meinem einzigen Nachfolger. Außerdem bin ich leidenschaftlicher Qumraner und nein, ich speise nicht mit Dirnen. Und ja, Paulus ist ein Arschloch!*

Und glaubst du denn, Verbrecher, so eine Lächerlichkeit existiere? Hast du denn nicht begriffen, dass aus den *Stimmungen*, den zutiefst traurigen Stimmungen mancher Rollen schier *fühlbar* wird, dass sie aus Jesu Zeit stammen, dass sein Heiliger Geist ganz und gar in Jakobus übergegangen sein muss und dieser deinen Paulus nur verachtete, weil Paulus als eben solch ein *Außenseiter der Wahrheit*, wie du es bist, in ihre Wahrheit eindrang, sie anrührte? Weißt du das alles denn nicht? Warum

weißt du denn nicht, dass Wahrheit dich immer von sich sto-
ßen wird? Dass sie dich immer verlassen wird …

Ich bin hier, um dir *nicht* zu vergeben."

Bei diesen Worten Adams sprang der Mönch auf.

„Aber das müssen Sie! Sie sind Christ!"

„Schweig, Mörder. Gerade *weil* ich glaube, vergebe ich dir
nicht. Und weißt du, Gott verabscheut dich für das Blutvergie-
ßen seiner kostbaren Lämmer. Und Jesus verabscheut dich.
Und ich.

Ich liebe Jesus, nicht du, nicht deine geringe, schändliche
Innerlichkeit. Darum konntest du mir nichts antun. Weil er
bei mir war und bei mir ist. Weil er mich für das Leben vor-
gesehen hatte, für ein Weib, für die Wahrheit. Du musst wissen, er macht durchaus seine Unterschiede."

Böswilligkeit und Hass lagen im Gesicht des Mönches.

Adam erhob sich. „Qumran und die katholische Kirche
gehören *zusammen*. Ihre Entzweiung ist leicht zu behaupten,
aber sie zu vereinen, sie voneinander abhängig zu machen, wie
Liebende, in Licht und Finsternis – *das* ist das Geschenk an die
Menschheit! Qumran betrifft längst alle Menschen. Die Rollen
sind vielleicht der einzige Glaube, der keine Religion, sondern
einzig G l a u b e ist. Durch ihre Schönheit, durch ihr Leid
ist jeder Mensch auf Erden angesprochen."

Er hinkte siegend zur Tür.

„In mir wirst du keinen sich bekreuzigenden Frömmler,
keinen Gottheuchler finden. Ich lerne auch keine Psalmen
oder Sprüche auswendig. Ich bestehe nicht aus Vergebung für
den, der gegen Gott gesündigt hat. Wisse, dass du vor mir keine Würde mehr genießt. Alles Menschliche ist fern von dir.

Nicht wird er entsühnt durch Sühnungen und nicht darf er sich reini-
gen durch Reinigungswasser und nicht darf er sich heiligen in Meereswasser
oder Flüssen und nicht darf er sich reinigen durch irgendein Wasser der
Waschung.

Ja, solche Ewigkeiten stehen in den Rollen von Qumran. Du aber, Mörder, wirst unfrei sein und innerlich toben, denn dir wird nicht vergeben werden. Und der Bischof von Rom schämt sich deinetwegen und Jesus schämt sich deinetwegen und G o t t schämt sich deinetwegen – für immer, immer und immer,

        immer und immer,

            immer und immer …"

… ich will dich in Freiwilligkeit lieben …

Qumran, Loblieder

In den Kuppeln Roms steigen alle Arien auf, die Mozart je geschrieben hat. Jede ragt heraus, schwillt an, wie sein Gesang allein es vermag. Jetzt im Winter war Rom sogar besonders betörend, in seinem Einhornweiß und seinen bläulichen Schatten, den von fern herbeistürmenden, sich türmenden dunkelroten Wolken und dem harfenweichen Ton des Schnees.

Müsste Adam aber eine bestimmte Arie nennen, eine, die einzig der Kuppel des Petersdoms gehöre, dann wäre es die Arie *Ch'io mi scordi di te* … Wie eine Krone aus knöcherner Muschel, Sopranbau, innen wie außen Wunderwerk. Und einem Rad aus Fenstern mit dem *Licht vollkommener Erleuchtung*, wie es in Qumran heißt.

*

„Sagen Sie ihm, Adam ist da, Adam Tessdorff." Adam und Nurit warteten. Doch nicht lang, nach schon wenigen Minuten wurden sie gerufen. Sie legten die schweren Mäntel ab und folgten. Über ihnen, um sie, einfach überall war Gottes Hauch in Menschenhand, war absolute Schönheit ohne Ende! *Meterware Seelenkunst*, wie er zu sagen pflegte.

Himmelshallen. Durch Himmelshallen wurden sie geführt, in den Himmel hinein, so glaubte man. Raum für Raum empfing sie eine noch kreisendere Herrlichkeit, Bahnen der

Glaubensschöpfung errichteten einander, Existenz und Unendlichkeit, Ekstasen der Erhöhung, fiebernde Ordnung!

„Adam!" Joseph stand mit ausgebreiteten Armen vor ihm.
Die weiße Soutane in ihrem Perlenton schien auf. Still lächeln-
de Purpurgefolgschaft säumte ihn.

Adam griff nach seinen Händen, nach seinen Schultern,
umfasste sein Gesicht, ähnlich dem Kindelein Galiläas, blickte
träumerisch und *glücklich* hinein und brachte kein Wort hervor
vor Glückseligkeit!

Joseph nickte, nickte immerfort und zitterte vor Freude.
Der dunkle Schimmer seiner Blicke war noch immer derselbe.

„Das", Adam zog Nurit zu sich, ihr nachtschwarzes Kleid
schwankte mit, das gestickte Tuch fiel vom Haar auf die Schultern herab, „ist meine Frau."

Nurit wurde sinnlich verlegen.

Josephs Augen verwandelten sich in diamantene Gerührt-
heiten, er führte sie ganz nah zu sich heran, betrachtete sie
lange und voller Zärtlichkeit. „Ja … das ist das Gesicht einer
Frau", flüsterte er.

„Wir haben hier etwas für dich, Joseph. Wir denken, es
gehört in deine Hände. Du *erkennst* es. Du bewahrst es. Bei dir
soll es bleiben", und Adam holte aus seiner Tasche ein samte-
nes Kästchen hervor.

„Und das hier", er reichte ihm einen Miniaturkoran, „ist
uns ebenfalls von Engeln geschenkt worden."

Joseph begriff. Begriff in einer dankbaren, warmen Erschütterung. Begriff alles, als sei er die ganze Zeit da gewesen,
mit ihnen. Als hätte er gefühlt, was sie fühlten, hätte geweint,
als sie weinten, und gefunden, was sie gefunden. In diesen
Sekunden seiner Linsen, seiner Liderringe – rührte sich un-
vorstellbarstes Glück am Glücke dieses Ehepaares, dieses strahlenden Bundes zweier Reiche, die zu einem Reich geworden
waren.

Ihr Anblick war und schuf … *Liebe*.

Für meine schöne Mutter Malalai,
für ihren echten Glauben.

Für meinen poetischen Vater Rafat,
für seinen Wortrosenregen.